Ralf Günther

Winterherz

ROMAN • KINDLER

Originalausgabe
Veröffentlicht im Rowohlt Verlag,
Hamburg, Oktober 2023

Covergestaltung Cordula Schmidt Design, Hamburg
Coverabbildung Andrea Offermann 2023
Buchgestaltung Julia Schrader
Satz aus der Apolline Std
bei Dörlemann Satz, Lemförde
Druck und Bindung CPI books GmbH, Leck
ISBN 978-3-463-00032-9

Ungläubig streicht Wilhelms Hand über das braunrote Polster. Alles ist fremd in diesem Fahrzeug: das Geräusch, der Geruch, die Geschwindigkeit. Die Landschaft huscht vorüber.

Ein Taxi war bisher nicht Teil seiner Welt. Nun spürt Wilhelm das Kunstleder unter seinen Handflächen. Die Fingerspitzen wandern über das Polster, bis sie zufällig die Finger der Mutter berühren. Die tastet ebenso fassungslos.

Der Motor heult auf und übersteigert das Tuckern. Der Fahrer greift an den Hebel neben der Lenksäule. Der wechselt die Gänge, so viel weiß Wilhelm über den Wartburg. Sein Blick wandert über die Holzmaserung des Armaturenbretts. Aus der Mitte der Windschutzscheibe sticht der Rückspiegel in einer eleganten Metallfassung. Dass es solche Autos gibt!

Die Kurven entlang der Gottleuba sind eng, der Fahrer duckt sich hinter sein Lenkrad, als fürchte er Felsbrocken, die unerwartet in die Frontscheibe krachen. Bis hier oben scheint er noch nie hergefunden zu haben. Die Fichten stehen bis dicht an den Fahrbahnrand und spannen Schattenbrücken über die Straße. Vorsichtig tastet sich der Fahrer hinauf. Vielleicht fürchtet er den Schotter, mit dem die Frostlöcher des vergangenen Winters verfüllt waren. Nun liegt er über die Straße versprengt, und die Löcher sind wieder Löcher. Um den Lack, weiß Wilhelm, machen sich Autobesitzer die größten Sorgen …

Das Flüsschen begleitet sie schon eine Weile. Seit einigen Windungen ist die Luft so kalt, dass Schnee denkbar wäre. «Da oben ist bestimmt alles weiß zum Weihnachtsfest», hatte die Mutter gesagt, als sie von Berlin aufgebrochen waren. Vielleicht erlebe ich Weihnachten nicht mehr, hatte Wilhelm da gedacht.

Es war nur ein paar Tage her, vielleicht eine Woche. Wilhelm erinnerte sich an den Blick des Arztes, die Art, wie er die Mutter beiseitenahm und in eine Ecke des Sprechzimmers führte. Halblaut mit ihr redete. Ohne auch nur ein Wort zu verstehen, wusste Wilhelm, dass dies nichts Gutes verhieß. Mehrfach hörte er das Wort «Erholung». Dabei fühlte er sich doch gar nicht erschöpft, geschweige denn krank. Am Blick der Mutter erkannte Wilhelm, dass es ernster war als gedacht.

Schließlich verkündete der Arzt, dass Wilhelm «zur Kur» geschickt werde. Was eine Kur ist, erklärte ihm die Mutter am Abend, vor dem Zubettgehen. Sie umarmte ihn. «Geh nicht!», hatte sie in sein Ohr gehaucht, und sein Herz schlug rasend. Er konnte die Umarmung nicht erwidern. Aber das machte nichts. Die Mutter war trotzdem nah und warm und schmolz sein Herz. Das Weiß im Zimmer des Arztes hatte es eingefroren.

Die Mutter ließ Münzen in die Hand des Fahrers klimpern. Taxi fahren war teuer, bequem war es auch. So musste sich ein Held fühlen: in einem Auto vorgefahren werden und dann am Fuß einer steilen Treppe stehen, die bis in den Himmel führt. Rauschend fuhr der Wind in die Bäume und zauste die Wipfel. Bäume, die bis in den Himmel ragten. So hohe hatte Wilhelm in Berlin nie gesehen.

Noch war die Landschaft vielfarbig: braun und gelb; tiefgrün waren nur die Nadeln der Bäume. Weiß brachen die Gebäude der Klinik zwischen ihnen hervor. Ein Dutzend würfelartiger Häuser, hingestreut über eine Bergflanke zwischen zwei Hügelkuppen. Um den steilen Hang zu bezwingen, musste man die Freitreppe nehmen. Mauerwerk rechts und links, Handläufe aus geschmiedetem Eisen. Wilhelm fröstelte, als er einen umfasste. Schon auf halber Strecke wurde er kurzatmig – wie im Sportunterricht, schoss es ihm durch den Kopf.

«Stell dich nicht an!», schrie der Lehrer immer, wenn Wilhelm die Puste wegblieb. Und blies wie zum Hohn in seine Trillerpfeife. «Das musst du schaffen in deinem Alter!» Er klang wie ein Echo des Großvaters: «Du bist doch ein Mann und keine Memme!»

Nein, das konnte er nicht schaffen. Das Gemurmel des Arztes, was immer es bedeuten mochte, hatte ihm gezeigt: Es war nicht er, es war sein Herz, das irgendwie verkehrt war. Gern hätte er es dem Sportlehrer noch auf den Bart gebunden, doch der Arzt hatte ihn gleich suspendiert. Seit dem Tag im November war er nicht mehr in der Schule gewesen: absolute Bettruhe. Kein Wunder, dass er nun außer Atem geriet.

Keuchend blieb Wilhelm stehen und hob den Kopf: Nahm diese Treppe denn kein Ende? Oben, am Turm, war eine Uhr zu sehen. Das Zifferblatt war ein Zyklopenauge. Mehrfach mussten sie mitten auf der Freitreppe haltmachen. Die Mutter schaute schon besorgt. Doch es war nur der Atem. Die Stiche und Krämpfe blieben aus. Eine Bank war nicht vorhanden auf diesem Anstieg, die steinerne Brüstung wurde zur Rast.

«Ruh dich aus!», bat die Mutter.

«Ich will nicht ausruhen», keuchte Wilhelm.

Die Mutter seufzte.

Er lehnte sich gegen den Stein, der wärmer schien als die Luft.

Mit dem gleichen Blick schauten Mutter und Sohn hinunter auf die Häuser der Stadt, auf die roten und schwarzen Dächer. Seltsam klein war das alles. Als ob sich Puppenstuben unter den Giebeln verbargen. Wie weit entfernt sie schon waren! Dabei hatten sie erst ein paar Dutzend Stufen zurückgelegt ...

Unten an der Pforte, gleich hinter der Brücke, hatte man ihnen einen Plan ausgehändigt. «Dahin müssen Sie, Haus 13: das Haus der blauen Kinder.»

«Das Haus der blauen Kinder?», hatte seine Mutter wiederholt.

«Sie werden sehen, die sind alle blau, die Herzkranken», sagte der Pförtner.

Die Mutter sah ihren Wilhelm an: Wilhelm war nicht blau, im Gegenteil, durch die Anstrengung war die Gesichtsfarbe rosig. Und da Wilhelm sich nicht selbst anschauen konnte, schaute er zurück, und sein Mund verzog sich zu einem Lächeln. Ich? Blau? Aberwitzig!

Er hielt inne. «Bin ich herzkrank?», fragte er die Mutter da. Die schwieg, und Wilhelm versank ebenfalls in Schweigen.

Als sie fast oben am Absatz waren, sagte Wilhelm noch: «Eigentlich müsstest du hierbleiben.»

«Ich? Wieso?»

«Du bist blauer als ich!» Wilhelm lächelte schief.

Die Mutter wich seinem Blick aus. Sicherlich ahnte sie, was er meinte: die Flecken auf ihren Oberarmen. Sie versuchte, sie vor Wilhelm zu verbergen, trug lange Ärmel selbst im Sommer, doch Wilhelm entging nichts.

Dann standen sie vor dem Haus, in das der Junge einziehen sollte: ein Palast in Weiß!

Das erste Kind begegnete ihnen im Eingangsflur bei den Garderoben. Die Lippen waren beinahe lila, oberhalb des Mundes, die Haut bis zur Nase und seitlich bis zum Ansatz der Wangen: ein dunkelblaues Delta. Der Junge streckte Wilhelm die Hand entgegen: «Ich heiße Richard, herzlich willkommen.»

Und Wilhelm, ganz junger Herr mit gescheitelten Haaren, schlug ein und deutete mit dem Nicken seines Kopfes eine Verbeugung an. So hatte es ihm der Großvater beigebracht. Und nickte er nicht schnell genug, gab es eine Schelle in den Nacken.

Wilhelm fröstelte. Auch das Sprechzimmer war vollkommen weiß. Bis auf die Unterhose hatte er sich auskleiden müssen. Nun saß er auf einer metallenen Pritsche. Die Kälte zeichnete weiße Bänder auf seine Oberschenkel. Die Oberärztin schaute immer wieder vom Brief hoch. Sah dem Jungen über den Rahmen ihrer Brille ins Gesicht, teils streng, teils verwundert. Vermutlich, dachte Wilhelm, erstaunt es sie, dass dort überhaupt kein Blau zu finden war. Nur die Lippen waren etwas blass.

Ein Glück, die Oberärztin hatte bei seinem und der Mutter Eintreten das Fenster geschlossen. Es dämmerte schon. Als Wilhelm nach draußen sah, trudelten einzelne Flocken am Fenster herunter. Im Vorbeigehen drehte die Oberärztin das Licht an. Flackernd glomm die Neonleuchte auf. Sie wog und maß Wilhelm. Horchte das Herz ab. Schien nicht zufrieden. Der Dutt zog ihre Haare nach hinten, die Nase stand spitz im Gesicht.

«Die Charité in Berlin schreibt mir, dein Herz sei krank.» Die Stimme der Ärztin tönte freundlich.

Wilhelm nickte. *Die Charité* – das war ein geflügelter Begriff in Berlin.

«Manchmal krampft sein Herz. Dann hat er Schmerzen», ergänzte die Mutter.

«Was sind das für Schmerzen?», fragte die Frau. Sie sah Wilhelm an.

Wilhelm wies die Stelle.

«Spitz und scharf oder dumpf und wummernd?»

«Spitz und scharf, aber sie gehen rasch vorüber.»

«Hm. Sagst du mir Bescheid, wenn du sie das nächste Mal spürst?»

Wilhelm nickte.

«Wird mein Sohn wieder gesund werden?», fragte seine Mutter mit schmalen Lippen.

Statt einer Antwort mahnte die Ärztin: «Seien Sie stark! Ihrem Kind zuliebe.»

«Wird er gesund werden?» Die Mutter hatte den Ton erhoben. So verzweifelt hatte Wilhelm sie noch nicht erlebt.

«Erst einmal wollen wir herausfinden, was mit ihm ist. Wenn sich selbst die Charité nicht sicher ist …»

Die Turmuhr zerschlug die Dämmerung, die Mutter musste sich beeilen zur Gottleubatalbahn. Im felsigen Grund führte die Strecke am Fluss entlang nach Pirna. Dort ginge es dann bis Dresden und von da aus weiter nach Berlin. Für sich allein wollte sie sich das Taxi nicht leisten.

Wilhelm brachte sie bis zur Freitreppe. Von hier aus hatten sie einen weiten Blick über Tal und Stadt. Als sie am Absatz standen, wehte ihnen eisige Luft ins Gesicht. Frostwinde zogen von Böhmen her über den Kamm und stürzten in die Niederungen des Erzgebirges. Offenbar hatten sie den Winter aufgeschreckt. Wie Eistropfen lagen die Tränen der Mutter auf ihren Wangen. Wilhelm hätte sie gern mit der Hand abgestreift. Aber er wagte nicht, sie zu berühren.

Der Abschied war stumm. Wilhelm versuchte, stark zu sein. Er dachte, dass die Mutter es so wollte.

Als Wilhelm sein Zimmer beziehen wollte, stutzte er. Wo war seine Tasche? Er hatte sie doch in die Garderobe am Eingang gestellt. Aber dort war sie nicht.

«Entschuldigung», sagte Wilhelm schüchtern. «Ich vermisse meine Tasche. Sie ist rot kariert ...»

Die junge Schwester in einem von einer einzelnen Schreibtischlampe erhellten Zimmer drehte den Kopf. Sie warf ihm einen freundlichen Blick zu. Eine einzelne Haarsträhne war unter der strengen Haube hervorgeschlüpft und lag quer über der Stirn. «Einen Augenblick, bitte!»

Die Schwester verschwand im Nebenzimmer. Dann stand sie wieder vor ihm und hielt ihm die Tasche entgegen. Viel war nicht darin.

«Ich bin Schwesternschülerin Ilona. Darf ich dir dein Zimmer zeigen? Ich darf doch *Du* sagen?»

Seite an Seite wanderten sie durch die weitläufigen Flure des Eispalastes. Dann öffnete Ilona eine Tür. Schulterhoch waren die Wände mit Öllack versiegelt. Die Schränke weiß, die Bettgestelle weiß – und selbstverständlich auch die Laken. Vier Betten waren gerichtet. Die Kissen hochkant auf den Laken, in die Mitte eine Falte geschlagen. Die Zipfel standen aufrecht wie Soldaten. Wilhelm legte seine rot karierte Tasche aufs Bett. Ein unanständiger Farbtupfer auf dem Weiß des Lakens.

Ilona erklärte ihm, dass die restlichen Jungen seines Zimmers mit dem Bus kämen. Alle miteinander. Von Rostock aus sei er am frühen Morgen losgefahren, die letzte Station war *Dresden Neustädter Bahnhof*, in Kürze würden sie hier eintreffen. Dieser Bus bringe alle Patienten eines Durchgangs zugleich in die Kurklinik.

«Alle», fragte Wilhelm, «ohne Ausnahme?»

Schwester Ilona nickte. «Alle.»

«Und warum nicht mich?»

Sie hob die Schultern und ließ sie wieder fallen. «Das musst du deine Mutter fragen.»

«Gibt es auch Mädchen hier?» Wilhelm wurde rot. «Ich meine: außer dir?»

«Patientinnen, meinst du?»

Wilhelm bejahte.

«Wenn die Jungs kommen, gibt es keine. Nach sechs Wochen, wenn die Jungen wieder abgefahren sind, kommt ein Schwung Mädchen. Nach den Mädchen noch einmal Jungs – und so weiter ...»

Während sie redete, beobachtete Wilhelm sie von der Seite. Er versuchte, ihr Alter zu schätzen. Höchstens achtzehn, dachte er. Und dennoch: Drei Universen von ihm entfernt. Ihre Lippen waren schmal und ungeschminkt. Strähnen lugten unter dem Rand der Schwesternhaube hervor. Die war mit mehreren Spangen in den Haaransatz geklemmt und schien sehr fest zu sitzen, doch das nützte anscheinend nichts. Anstatt sie wieder unter die Haube zu stopfen, legte die Schwester die widerborstigen Strähnen so gut es ging hinter das Ohr, wo sie nicht lange blieben.

«Wie lange bist du schon hier?»

«Zwei Jahre und vier Monate», antwortete sie.

«Dann hast du den Sommer hier erlebt?»

«Zwei Sommer», sie seufzte, «da ist das Tal wunderbar grün.»

Und Wilhelm dachte: Sie ist noch nicht lange mit der Mittelschule fertig, nur ein paar Jahre älter kann sie sein, vielleicht drei, höchstens vier Jahre älter! Sein Herz schlug wild und ungestüm.

«Kann man baden im Fluss?», fragte er.

«Nur an sehr heißen Tagen. Flüsse im Gebirge sind kalt.»

Im Sommer war Wilhelm noch in der Dahme baden gewesen. Bis zur Schlossinsel und zurück, kein Problem. Da war kein Sportlehrer dabei. Und Wilhelm wusste noch nichts von seiner Krankheit. Als er nach Hause kam mit nassen Klamotten, fing er sich eine Ohrfeige vom Großvater, dass es summte. Wie eigentlich immer beim Heimkommen. Weil seine Kleidung troff, wenn seine Knie aufgeschürft waren. Oder die Schuhbänder zerrissen. «Wasser auf den Dielen ruiniert das Holz», sagte der Großvater. «Schläge ruinieren Kinder», hätte Wilhelm gern geantwortet. Doch das wagte er nicht.

Weil er abgelenkt war, hatte er wohl die Information, warum sie das Zimmer verließ, verpasst. Nun war sie fort. Wilhelm starrte auf seine rotbunte Tasche auf dem weißen Laken. Er sollte sich einen der Schränke sichern, bevor die anderen eintrafen. Doch welchen? Hatte die Mutter ihm nicht immer gesagt, was zu tun und zu lassen war? Daheim hatte es ihn genervt. Nun fehlte ihm ihr Rat.

Wilhelm öffnete die Tür des nächstbesten Spindes und

begann, seine Unterwäsche auf eines der Blechborde zu stapeln. Dann Hemden, dann Hosen.

«Das ist nicht dein Schrank.»

Da stand Ilona wieder hinter ihm, einen Stapel weißer Handtücher auf den Unterarmen. Sie trat einen Schritt zur Seite.

«Der hier ist deiner.»

Sie öffnete eine zweite Tür unmittelbar daneben.

«Kann ich nicht diesen hier behalten?»

Ilona schüttelte den Kopf. «Die Schränke sind den Betten zugeordnet.»

«Aber es ist doch noch niemand anderes da.»

«Die Oberschwester reißt mir den Kopf ab, wenn ich nicht drauf achte.»

«Oberschwester?»

«Schwester Oberin. So hieß das früher. Du wirst sie bald kennenlernen.»

Als Stimmen auf dem Flur grölten, verschwand Ilona. Die Neuankömmlinge trafen ein, mit Koffer und Taschen. Offenbar hatten sie die Schwester heraushuschen sehen. Und staunten Bauklötze.

«Wer war das denn?», fragten sie Wilhelm.

«Hast du sie geküsst?»

«Nein!», wiegelte Wilhelm ab.

«Wer bist du überhaupt? Warum warst du nicht im Bus?»

Wilhelm antwortete nicht. Sein Interesse wurde von einem Jungen gefangen, wie er ihn nie zuvor gesehen hatte: Er hatte dunkelbraune Haut, sein Haar war ein wildes Gebüsch aus Locken.

«Das ist Milo, und ich bin Edgar», sagte der von eben. Doch Wilhelm fand, dass das nicht viel erklärte.

Alle drei waren etwas älter als Wilhelm, sicherlich fünfzehn oder sechzehn Jahre, einzig der Letzte, der sich als Bruno vorstellte, war kleiner und schmächtiger als Wilhelm. Edgar war der Größte. Ein hochgewachsener junger Mann mit dunklem, beinahe schwarzem Haar und schon fast siebzehn, wie er stolz betonte. Auch sein Kinn sah aus wie das eines Mannes, die Haut dort war etwas dunkel vom Haarwuchs. Nachdem er den Koffer auf seinen Schrank gewuchtet hatte, musste er auf dem Bett verschnaufen. Seine Lippen waren blau angelaufen. Über der Oberlippe zeigte sich ein dunkler Fleck, geformt wie ein breites Flussdelta, das sich von Mundwinkel zu Mundwinkel erstreckte. Am oberen Ende wurde es von den Nasenflügeln begrenzt. Edgar beugte sich vornüber, die Arme verschränkt, die Ellenbogen auf seine Oberschenkel gestützt.

«Soll ich die Schwester rufen?», fragte Wilhelm.

«Das hättest du wohl gern.» Um zu zeigen, dass es ihm besser ging, stand Edgar auf und nahm einen grauen Karton auf seinen Schoß, der vorher im Koffer gewesen war. Liebevoll strich er über den Deckel. Das nährte die Neugier der anderen.

«Warum warst du nicht im Bus?», fragt Milo noch einmal in Wilhelms Richtung. Es war der erste Satz, der ihm über die Lippen kam.

«Meine Mutter hat mich hergebracht.»

Andächtig schwiegen die Jungen. Das Wort *Mutter* erzwang die Pause. Sechs Wochen waren eine lange Zeit. Allein Edgar ließ sich nicht stören, sondern beschäftigte sich mit dem grauen Karton. Er hob den Deckel und nahm das Foto einer jungen Frau heraus. Sie trug ein schwarz gepunktetes weißes Sommerkleid und hatte einen hoch ansetzenden Pferdeschwanz. Edgar seufzte und stellte das Bild vorsichtig auf seinen Nachttisch. Es erregte Aufmerksamkeit und verdrängte auch bei den anderen die Müttergedanken. «Wer ist das?», wagte Milo zu fragen.

«Das ist meine Verlobte», antwortete Edgar.

Die drei anderen Jungs schwiegen beeindruckt. «Verlobte» – was für ein Wort!

Nun waren alle Betten belegt. Zwei an der einen, zwei an der anderen Wand, dazwischen die Schränke. Fenster- und Eingangsseite waren frei von Möbeln.

Edgar schloss den Karton wieder und schob ihn unters Bett. Schwer schleifte er über den Boden. Die Jungs hörten das Geräusch, doch ihre Blicke waren immer noch an das Bild auf dem Nachttisch gefesselt.

«Deine Mutter besitzt ein Auto?», fragte Bruno dann an Wilhelm gerichtet.

«Nein.»

«Wie seid ihr dann hergekommen?»

«Im Zug von Berlin. Dann im Taxi von Dresden.»

Bruno schaute anerkennend. Er schob die Unterlippe vor. «Im Taxi?»

Milo schwieg. Wie er überhaupt bisher wenig gesagt hatte.

Edgar legte sich mit hinter dem Kopf verschränkten Armen auf sein Bett. Seine Lippen waren immer noch blau. «Angeber», zischte er.

«Wenn es doch so war!»

«Bist wohl ein feiner Pinkel aus dem Westen!», schloss Milo.

«Ich komme aus Berlin – Ost!», verteidigte sich Wilhelm.

«Ich komme auch aus Ost-Berlin», sagte Milo. Die Übrigen sahen ihn ungläubig an.

«Köpenick», sagte Wilhelm.

«Treptow», antwortete Milo.

Wilhelm musterte Milo. Der blickte stolz zurück. Dann warf er seine Tasche aufs Bett. Wilhelm musste lachen.

«Was lachst du?», fragte Milo gereizt.

Anstatt Antwort zu geben, ging er zu seinem Spind hinüber und klappte die Tür auf. Das Rot leuchtete ihnen entgegen. Es war exakt die gleiche Tasche. Und Milo fiel in sein Lachen ein.

Bruno stapelte bereits Bücher aus dem offenen Koffer auf sein Bett.

«Liest du?», fragte Wilhelm. Eine klügere Frage war ihm nicht eingefallen.

«Nein», antwortete Bruno, ohne Wilhelm anzusehen.

«Warum hast du dann so viele Bücher?»

Rasch wuchs der Stapel an und drohte umzukippen. Bruno trat näher und nahm eines der Bücher wieder vom Stapel. «Das hier», und er hielt ihm das Buch hin, «sind Koffer …», er verdrehte die Augen, «… für meine Träume.»

«Aha.» Wilhelm nahm einen Schritt Abstand. «Wovon träumst du?»

«Vom Leben.»

«Was hat das mit Büchern zu tun?»

«Sie helfen mir, viele Leben zu haben.»

«Viele Leben?», fragte Wilhelm.

«Der Arzt sagt, dass ich die Volljährigkeit nicht erreichen werde», erklärte Bruno. «Herzklappenfehler, angeboren.»

«Dann lebst du länger als ich», sagte Wilhelm.

«Woher weißt du das?»

«Na, ich bin vierzehn … und du?»

«Fünfzehn.»

«Und dazu noch deine Bücherleben …»

«Die zählen doch nicht», mischte Milo sich ein.

«Was ist deine Krankheit?», fragte Bruno.

«Loch zwischen den Herzkammern», sagte Milo nur. «Ich darf mich nicht anstrengen. Kein bisschen.»

«Da lach ich drüber. Ihr seid alle nicht so schlimm dran wie ich», mischte sich Edgar ein. Er schaute an die Decke, ohne die anderen anzusehen.

Die drei Jüngeren blickten den Zimmerältesten an. «Wieso?», fragte Bruno schließlich. «Ich werde tot sein, wenn ich so alt bin wie du!»

Edgar schüttelte den Kopf, die Arme immer noch verschränkt. «Immer wenn ich meine Freundin küsse, falle ich in Ohnmacht», sprach er dann, die Augen immer noch gegen die Decke gerichtet. Die Jungs blieben stumm. Da lachte Edgar auf. «Macht nix, ihr gefällt's. Behauptet sie wenigstens, nachdem sie mich reanimiert hat.»

Da prasselte Gelächter los. In den abebbenden Lärm hinein sagte Wilhelm: «Kann sein, dass ich Weihnachten nicht erlebe. Sagt die Charité.» Die anderen schwiegen abrupt. Sogar Edgar hörte auf, an die Decke zu starren.

«Dieses Weihnachten?», fragte Milo vorsichtshalber.

Wilhelm nickte. «Welches sonst?»

Betretenes Schweigen.

«Mit einem Bein stehen wir alle im Grab, Mann», sagte Bruno da, um das Thema zu beenden. «Und Edgar hat eine Verlobte», ergänzte Bruno. «Mist, verdammter!» Da prusteten wieder alle los.

«Warum hast du dunkle Haut?», fragte Bruno Milo, als sie ihre Habseligkeiten verstaut hatten. Die Brille saß weit vorn auf seiner Nasenspitze, gerade so, als schaue Bruno immer in einen Abgrund.

«Weil mein Vater aus Afrika stammt. Mosambik, wenn euch das was sagt.»

Bruno nickte wissend. Die anderen machten große Augen.

«Ich habe noch nie einen Menschen aus Afrika getroffen», sagte Wilhelm.

«Ich auch nicht», sagte Milo spitz.

«Aber ja doch. Wenn du in den Spiegel schaust», schlug Edgar arglos vor ...

«Ich bin nicht aus Afrika. Ich bin in Berlin geboren. Hab ich doch gesagt.» Milos Augen funkelten angriffslustig.

Wilhelm lachte verlegen. «Aber dein Vater ...»

«Den hab ich nie getroffen.»

Die Jungen schienen beeindruckt.

«Mein Vater wurde in sein Land zurückgeschickt, bevor ich geboren wurde. Er durfte meine Mutter nicht lieben. Es war bei Strafe verboten. Ich bin ein verbotenes Kind.»

Da erstarb jede Nachfrage. Keiner der drei hatte jemals ein verbotenes Kind kennengelernt.

«Zur Oberärztin alle vier, aber dalli!» Eine Frau mit grauem Dutt, aber ohne Haube, stand in der Tür. Die Tracht der Schwestern trug sie gleichwohl, zusätzlich eine rote Banderole am Ärmel.

Wilhelm wollte Protest anmelden: «Ich war schon bei der Oberärztin, Schwester Oberin!»

Die Angesprochene stutzte einen Moment und maß Wilhelm von oben bis unten. «Ich sagte alle vier. Und wenn ich alle vier sage, dann meine ich das auch. Ende der Ansage!» Wie ein Bollwerk schob sie ihren Körper vor sich her. Ihre Schultern waren breiter als Edgars.

«Aber ...», versuchte Wilhelm es noch einmal.

Mit harscher Geste schnitt sie ihm das Wort ab. «Ihr kommt mit, alle Mann! Das *ganze* Zimmer!»

Gesenkten Hauptes trotteten die Jungs hinterher, selbst Edgar. Welch ein Unterschied, dachte Wilhelm, zum feenhaften Wesen Schwester Ilonas!

«Dich hab ich schon gesehen, du kannst gleich wieder gehen», empfing ihn die Oberärztin. Der Ton war weniger freundlich als bei ihrer ersten Begegnung. Sie trat auf Wilhelm zu und tätschelte ihm den Kopf, als sei er ein Kind. Dann wandte sie sich ab. «Warum bringen Sie mir den Jungen ein zweites Mal?», fragte sie die Schwester Oberin.

«Ich wollte es ihr sagen, aber …», beteuerte Wilhelm.

«Du hältst dich da raus!», schnitt ihm die Schwester Oberin das Wort ab. «Zurück in dein Zimmer!»

Wilhelm klemmte ein Kloß im Hals. Da entdeckte er die Schwesternschülerin an der Tür. Wieder lugten Strähnen unter ihrer Haube hervor. Sie getraute sich nicht einzutreten. Rasch wischte sich Wilhelm mit dem Hemdsärmel die Tränen von der Wange. Ilona brachte Akten und legte sie der Oberärztin auf den Schreibtisch. Im Hinausgehen zwinkerte sie Wilhelm zu. Der richtete sich auf und beeilte sich, hinter ihr her nach draußen zu schlüpfen.

«Warum sind alle Menschen so grimmig hier?», fragte Wilhelm, als sie gemeinsam auf dem Gang standen.

Ilona lachte laut. «Ist halt ein Krankenhaus und kein Volksvergnügen.»

«Muss man deshalb so unfreundlich sein?»

«Möchtest *du* den ganzen Tag mit Sterbenskranken zu tun haben?» Ilona schlug sich die Hand vor den Mund.

Wilhelm beachtete die Geste gar nicht. Er hob die Schultern. «Warum nicht? Und du?»

Sie starrte ihn an, bevor sie antwortete: «Solange ein paar Nette darunter sind.» Ihre Augenlider flatterten. Dann wandte sie sich ab und ging. Ohne ihm zu verraten, ob sie Wilhelm für einen von diesen *Netten* hielt.

Wilhelm lag auf dem Bett und betrachtete die Decke über seinem Kopfkissen, als die anderen von der Aufnahmeuntersuchung zurückkehrten. Er grinste ihnen entgegen. «Ist sie nicht reizend, die Frau Oberärztin?»

«Edgar soll keine Freundin haben, dann fällt er auch nicht in Ohnmacht!», platzte Milo mit der Nachricht des Tages heraus. «Und heiraten soll er auch nicht.»

«Sagt wer? Die Oberärztin?»

Bruno und Milo nickten kichernd. Wortlos warf sich Edgar aufs Bett, nahm das Bild der Frau mit dem Pferdeschwanz vom Nachttisch, stellte den Rahmen auf seinen Bauch, lehnte die Rückseite gegen die Oberschenkel und betrachtete es schweigend. Niemand wagte etwas zu fragen. Bruno legte sich auch auf seine Matratze, nicht ohne sich vorher ein Buch geangelt zu haben. Nur Milo stand noch unschlüssig im Raum. Endlich löste sich Bruno vom Text und sah Milo an. «Legst dich besser auch hin. Stehst dem Tod am nächsten von uns.»

«Was?», fragte Wilhelm entsetzt nach.

«Im Westen hätten sie ihm längst ein neues Herz eingebaut, weil seines so ruiniert ist.»

«Ein neues Herz? Im Ernst?», fragte Milo erstaunt. «Geht das denn?»

«Das hat die Oberärztin gesagt. Wort für Wort.» Bruno nickte bedeutsam. Dann verbarg er sein Gesicht hinter dem Buch. Wilhelm starrte immer noch Milo an. Der sah zu Boden. «In meinem Herzen ist ein Loch. Inoperabel. Herz tauschen oder hopp.»

«Wie kommt das Loch in dein Herz?», fragte Wilhelm.

«Das, wo jetzt das Loch ist», sagte Milo augenrollend, «hat mein Vater mitgenommen.»

«Wirklich?»

Milo schaute eine Weile ernst, dann lachte er. «Nein. Angeboren. Angeborener Fehler zwischen den Herzkammern. Und angeborener Falschvater. Zwei übelst verbotene Dinge.» Milo beäugte Wilhelm. «Was ist mit dir? Warum bist du überhaupt hier, wenn du noch vor Weihnachten sterben willst?»

Wilhelm runzelte die Stirn. Doch Milo sprach die Dinge einfach und unverfälscht aus.

«Den genauen Grund muss die Oberärztin noch herausfinden, sagt sie. Es gibt einen Verdacht. Die Charité war sich nicht sicher.»

«Das gibt's doch nicht», höhnte Edgar. «Die Charité – nicht sicher?»

«Das heißt, du bist gar nicht krank!» Bruno zeigte mit dem Finger auf Wilhelm. Die Brille saß weit vorn auf der Nasenspitze.

Wilhelm hob die Schultern und ließ sie wieder fallen. «Doch, bin ich», beteuerte er.

«Kannst dich glücklich schätzen, wenn du's nicht bist.»

«Wenn du nicht krank bist, dann gehörst du nicht zu uns», entschied Milo. «Doch», beteuerte Wilhelm, «ich habe auch einen Falschvater.»

Milo stieß Luft zwischen den Zähnen hindurch. «Niemals!»

«Schluss jetzt», mischte sich Edgar ein. «Wir halten zusammen!»

Bruno schnaubte und widmete sich seinem Buch. Und Wilhelm versuchte herauszufinden, was dieses Schnauben wohl bedeuten mochte.

Am Abend, als sie sich im Speisesaal versammelten, waren sie eine Menge. Jeder Platz war gefüllt. Ein Summen lag in der Luft – und der Geruch von Kräutertee. Auf großen Tellern jeweils in der Mitte des Tisches lagen Schnitten mit verschiedenen Aufstrichen: Streichwurst in der Pelle mit Fettstücken und ein blasser Käse, der Wasser ausschwitzte. Auf einigen lagen sogar eingelegte Gurkenscheiben. Der Geruch von Essig zog Wilhelm in die Nase. Doch niemand wagte, etwas zu nehmen. Offenbar gab es vorher noch etwas zu erledigen.

Ein Mann im grauen Kittel platzierte einen Plattenspieler der Marke *Harmonie Automatic* an der Stirnseite des Raumes. Als er ihn an den Strom angeschlossen und zwei Lautsprecher rechts und links des Apparates postiert hatte, nahm die Oberschwester feierlich eine Schallplatte aus der Hülle, legte sie mit spitzen Fingern auf den Plattenteller und drückte auf einen Knopf. Die Scheibe begann sich zu drehen, und die Oberschwester schob den Tonarm an den Anfang der schwarzen Rillen. Dann drückte sie einen Knopf, und der Arm senkte sich auf das Vinyl.

«Erhebt euch!», rief die Oberin über das Rauschen und Kratzen aus den Lautsprechern hinweg, und alle Jungen folgten. Das dutzendfache Stühlerücken war ein einziges Geräusch. Dann erklangen scheppernde Töne. Wilhelm beugte sich zu Bruno hinüber, der neben ihm stand. «Was ist das?»

«Das kennst du nicht?», fragte Bruno erstaunt.

Wilhelm schüttelte den Kopf. «Ich erkenne es, aber ich weiß nicht, was es ist.»

«Das», sagte Bruno, «ist unsere Nationalhymne.»

Einige der Größeren kannten den Text. Wilhelm sah zu Edgar hinüber, doch der zuckte nicht einmal mit den Lippen. Wilhelm knurrte der Magen. Er konnte an nichts anderes denken als an seinen Hunger, geschweige denn singen. Endlich war die Hymne beendet, und der Hausmeister baute den Apparat wieder ab. Wilhelm freute sich schon. Innerlich rieb er die Hände. Endlich würden die Schnitten zum Verzehr freigegeben!

Doch bevor er sich über die belegten Brote hermachen konnte, erhob sich die Schwester Oberin an der Stirnseite des Saales. Dann schnarrte ihre Stimme: «Liebe Patienten, bevor ihr mit dem Essen beginnt, möchte ich euch mit den wichtigsten Regeln des Hauses vertraut machen.»

Die Jungen waren mucksmäuschenstill. Sie versuchten zu folgen, doch es war zu viel: Wie ein Wasserfall stürzten die Sätze in den Saal. Schlaf- und Bettzeiten, Richtlinien fürs Essen und für den Verdauungsgang, Verhaltensregeln, Aus- und Eintrittsregeln, Besucherregeln, Bewegungsregeln. Regeln für den Fall eines Brandes. Regeln für den Fall eines Atomwaffenangriffs. Ab- und Antrittsregeln, Höflichkeitsregeln, Pünktlichkeitsregeln, Regelungsregeln. Am Ende fiel niemandem mehr etwas ein, das *nicht* untersagt war.

Wilhelm hörte längst nicht mehr zu, denn während der Litanei der Schwester Oberin hatte er mit der Schwesternschülerin Ilona eine Unterhaltung mit den Augen begonnen. Zuerst dachte er, sie schaue an ihm vorbei, doch dann trafen sich ihre Blicke. Wilhelms Herz schlug schneller. Ilona verdrehte die Augen und zog eine Grimasse. Wilhelm musste prusten. Wie eine Eule drehte die Schwester Oberin ihren Kopf in seine Richtung und warf ihm einen strengen Blick zu. Schlagartig verstummte er.

Die Züge der Oberschwester glätteten sich. «Nun könnt ihr essen!», verkündete sie. Die Jungen zögerten, weil sie nicht gegen eine Regel verstoßen wollten. Essen ja, aber wie? Mit der Hand? Oder mussten sie Besteck benutzen? Nach einem Moment der Verunsicherung siegte der Hunger über die Furcht und sie stürzten sich wie Raubtiere auf das, was vor ihnen lag.

Nach dem Essen kehrten sie in ihren Trakt zurück und machten sich bettfertig. Als Wilhelm im Waschsaal an einem Becken, lang wie die Wand, Zähne putzte, rechts neben ihm Jungs, links neben ihm Jungs, bekam er ein Gefühl dafür, wie viele sie waren. Im Gewusel des Waschraums fiel Edgar noch mehr auf. Mit seinen Pantoffeln an den Füßen, darüber eine gestreifte Pyjamahose, die wie Seide glänzte, zog er alle Blicke auf sich. Doch es konnte keine Seide sein, längst hatte die Kunstfaser alle edlen Textilien ersetzt. Mit nacktem Oberkörper, die Waschtasche unter den Arm geklemmt, schritt er wie ein Herr durch die Schar der Jungen, die allesamt kleiner als der Dunkelhaarige waren – und allesamt neidisch auf das knappe Dutzend Haare auf seiner Brust.

«Ich hasse Verbote», zischte Milo Wilhelm zu, während sie beide Edgar hinterherstarrten.

Als alle bettfertig waren, lüftete Edgar das zweite Geheimnis des grauen Kartons. Er bat Bruno, der zufällig an seinem Bett stand, den Kasten hervorzuholen. Bruno ging auf die Knie, langte zwischen Edgars Beinen hindurch, streckte sich unter die Matratze – und schien einen Moment lang wie eingefroren, bevor er wieder hervorkam. Sein Gesicht war weiß, als habe er den Tod unter Edgars Matratze entdeckt. Statt des Kartons hielt er einen metallenen Gegenstand zwischen den Fingern. Wilhelm und Milo traten näher. «Was hast du da?», fragte Edgar und verzog dann amüsiert das Gesicht: Kein Zweifel, das war eine Haarspange.

«Mädchen!», rutschte es Milo heraus, und er schnappte

nach Luft. Wilhelm nickte kennerhaft: «Patientendurchgänge mit Mädchen und Jungen wechseln sich ab.» Er klang schon wie Schwester Ilona.

Bisher war es nur ein Gerücht gewesen, doch nun wurde es greifbar: Es gab nicht nur Schwestern in diesem Haus, sondern tatsächlich auch Mädchen ihres Alters! Zumindest dann, wenn die Jungs nicht da waren. Spuren bestätigten ihre Anwesenheit – es war erschreckend!

Bruno ließ die Haarklammer in seiner Hosentasche verschwinden. «Ich will auch mal sehen!», protestierte Milo. Und schob seinen Lockenkopf zwischen Bruno und Edgar. Bruno schüttelte energisch den Kopf. «Ich habe sie zuerst gefunden!» Das war ein legitimer Besitzanspruch.

Enttäuscht wandte sich Milo ab. Auch Wilhelm war enttäuscht, doch er ließ sich nichts anmerken. Womöglich war es eine von Schwester Ilonas Haarklammern, mit denen sie ihre Strähnen zu bändigen suchte? Die hätte er zu gern gehabt …

Edgar grinste. «Wenn ihr fertig seid mit Streiten, könnte ich dann bitte endlich meinen Karton haben?»

Pflichtschuldig ging Bruno wieder auf die Knie, ließ sich diesmal nicht von weiteren Fundstücken ablenken, sondern zog das Verlangte unter dem Bettgestell hervor. Mit immer noch freiem Oberkörper lag Edgar auf seiner Matratze. Sein Körper war gut entwickelt, schlank und sogar ein wenig muskulös. Außer einer noblen Blässe deutete nichts auf eine Krankheit hin. Vorsichtig öffnete er den Deckel und nahm zwei Hanteln heraus. Dann begann er, auf dem Bett liegend, die Gewichte zu stemmen. Zuerst abwechselnd, dann zur gleichen Zeit mit beiden Armen.

«Warum machst du ein Geheimnis daraus?», fragte Bruno über den Rand eines Buches hinweg. Er hatte sich auf sein Bett niedergelassen.

«Sicherlich ist es verboten – in seinem Zustand!», mutmaßte Wilhelm.

Edgar drehte den Kopf zur Seite, ohne die Übung zu unterbrechen. Mit gerötetem Gesicht keuchte er: «Ihr habt's erfasst: im ganzen Haus Hantelverbot, Schwitzverbot – und natürlich Keuchverbot.» Da musste Edgar lachen. Seine Muskeln entspannten, und er ließ die Hanteln auf die Matratze sinken. Die anderen Jungen fielen in sein Lachen ein.

Alle vier lagen in ihren Betten, da öffnete sich die Tür. «Hallo Jungs, ich bin Schwester Angelika.» Eine Frau, älter als Schwester Ilona, ohne Haube auf dem Kopf, stattdessen einen stattlichen Dutt aus schwarzen Haaren. Wenn man genau hinsah, konnte man graue Strähnen entdecken ...

«Die Luft ist rein, los, alle Mann, das ist das größte Zimmer.» Angelika winkte ihr Gefolge herein, und die vier Jungen, die sich schon nach einem Tag als Hausherren betrachteten, staunten nicht schlecht, als der gesamte Korridor ins Zimmer trat, im Gänsemarsch, Junge für Junge, Kind für Kind. Einige waren blass vor Aufregung, auf mancher Oberlippe zeigte sich das blaue Delta.

So viel Unverfrorenheit hätten die vier nicht für möglich gehalten. Welche Regel konnte so etwas gestatten?

«Auf die Betten, verteilt euch!», kommandierte die Schwester.

Wilhelm musste die Füße an den Körper ziehen, damit sich niemand auf sein Bein setzte. «Was soll das?», platzte es aus ihm heraus.

«Gute-Nacht-Geschichte», erklärte ein Rotschopf von Brunos Statur, der dicht an seinen Füßen saß. «Du bist Wilhelm, nicht wahr?»

Bevor Wilhelm sich vorstellen konnte, begann die Nachtschwester – ganz ohne Vorlage, allein indem sie immer wieder in die Runde schaute – eine Geschichte zu erzählen. «Ihr befindet euch hier in der Sächsischen Schweiz, einer Gegend voller Felsen und Höhlen, wir werden sie bald gemeinsam erkunden. Aber», und die Nachtschwester rollte mit den Augen, «wenn ihr in einer dieser Höhlen seid, haltet nach Perlen und Juwelen Ausschau!»

Die Jungen machten große Augen. «Wieso?», wagte einer die Stille zu brechen.

Schwester Angelika hob den Zeigefinger, damit die Jungen achtgaben, doch es war nicht nötig. Keiner getraute sich, auch nur einen Mucks zu machen.

«Früher, als es noch reiche Leute in dieser Gegend gab, trieben Räuber ihr Unwesen. Die meisten von ihnen unternahmen ihr grausames Geschäft nicht allein, sondern in Banden. Einer der berühmtesten Räuberhauptleute war Lips Tullian.»

«Von dem hab ich gehört», rief einer der Jungen, der wohl aus der Gegend war. Die anderen zischten. Sie wollten kein Wort verpassen.

«Er nahm von den Reichen und gab den Armen. Und alles, was er nicht sofort verteilen konnte, verwahrte er in seiner Höhle. Der Sage nach soll sie in dieser Gegend gewesen sein. Also haltet die Augen offen!»

«Hat er auch Gold gestohlen?»

«Ja», nickte Schwester Angelika, «aber nicht so viel. Eher Perlen und Juwelen.»

«Warum?», fragte Wilhelm.

«Damit er sie schönen Frauen schenken konnte», mutmaßte Edgar.

Die Nachtschwester schüttelte den Kopf. «Nein, das nicht. Aber Gold ist sehr schwer. Wenn man weite Wege zurücklegen muss, ist das unpraktisch. Und Räuber legen weite

Wege zurück. Lips Tullian streifte weit umher, bis nach Leipzig, Prag oder in den Harz. Auch im Tharandter Wald war die Bande so häufig anzutreffen, dass sie dort einen Unterschlupf hatte.»

«Wie hieß die Bande?», fragte der Rothaarige auf Wilhelms Bett.

«Wieso interessiert dich das?», fragte Wilhelm.

«Banden müssen doch einen Namen haben.» Er reckte seine Stupsnase in die Luft.

«In der Tat hatte seine Bande einen Namen: die *Schwarze Garde*.»

«Garde? Was ist eine Garde?»

«Ich kenne nur *schwarze Gardine*, wir wohnen in der Nähe des Braunkohlekraftwerks», sagte Milo und hatte die Lacher auf seiner Seite.

«Eine Garde ist ein Teil einer Armee», erläuterte Schwester Angelika.

«Also befehligte Lips Tullian eine Räuberarmee?»

«Auf jeden Fall eine ziemlich große Bande. Das war für ihn nichts Neues, denn in seinem früheren Leben war er tatsächlich Hauptmann in einer richtigen Armee gewesen. Man sagt, er habe am Nordischen Krieg teilgenommen. Bis er im Streit einen Kameraden tötete und fliehen musste. Sonst wäre er zum Tode verurteilt worden.»

«Wie ist es mit ihm zu Ende gegangen? Hat man ihn erwischt?»

Schwester Angelika nickte. «Natürlich hat man ihn erwischt. So wie alle Übeltäter irgendwann erwischt werden.»

«Und was ist dann passiert?»

«Er wurde hingerichtet. In Dresden, nicht weit von hier. Am Schwarzen Tor auf der Neustädter Seite, nachdem man zuvor auf dem Altmarkt, dem größten Platz der Stadt, das

Urteil verlesen hatte. Die Menschenmenge war riesig, weil Lips Tullian im Lauf der Jahre berühmt geworden war. Sogar August der Starke war anwesend, so bedeutend war sein Sieg über diese berühmte Räuberbande.»

«Wie hat man Lips hingerichtet?», wagte einer zu fragen.

«Man schlug ihm den Kopf ab. Mit dem Schwert. Das war damals die gerechte Strafe für jemanden, der so viele Menschenleben auf dem Gewissen hatte.»

Entsetztes Schweigen. Nur Schwester Angelika kicherte.

«Warum lachst du?», fragte einer der Kleinsten, der bei der Nachtschwester auf dem Schoß sitzen durfte. Er war furchtbar blass – und das vermutlich nicht vor Angst. Schwester Angelika schüttelte sich, bevor sie wieder ernst wurde. «Ach nichts», sagte sie. «Mir fiel nur ein Lied ein, das von der Hinrichtung handelt ... Es hieß, dass er, als man ihn nach seinem letzten Wunsch fragte, um eine Prise Schnupftabak bat. Wisst ihr, Schnupftabak kitzelt in der Nase. Und als es ihn kitzelte, da reckte Lips Tullian seinen Kopf in die Höhe, um vor dem Niesen einzuatmen, Lips reckte und atmete, und in dem Moment schwang der Scharfrichter sein Schwert, und Lips' Kopf flog in hohem Bogen auf die Bretter, kullerte noch ein Stück und dann ...»

Die Jungen schwiegen mit offenen Mündern.

«Hatschi.» Die Nachtschwester grinste in die Runde, doch in den Augen der Jungen stand das Grauen.

«Aber vorher», fuhr die Nachtschwester fort, «hatte Lips noch ein Gespräch mit dem König von Polen und Kurfürsten von Sachsen, mit August dem Starken gehabt. Der hätte ihn begnadigen können. Doch vermutlich war Lips zu frech gewesen, und so musste er sterben ...»

«Wie alt war Lips Tullian, als er sterben musste?», hörte man eine dünne Stimme fragen.

«Auf jeden Fall war er kein ganz junger Mann mehr», druckste die Schwester herum.

Alle schwiegen betreten, denn niemand in diesem Raum war ein Mann, am ehesten Edgar. Und dennoch war das Schwert über ihren Häuptern schon gezückt. Schwester Angelika gab der Stille eine Weile Raum. Mit einem Händeklatschen befahl sie dann alle in ihre Zimmer und ihre Betten zurück.

Als alle Lichter gelöscht waren, wanderten Wilhelms Gedanken nach Berlin-Köpenick: in eine Wohnung in der zweiten Etage eines alten Stadthauses. Am Abend war es besonders arg. Meist hatte der Großvater eine Flasche *Schwarze Mädchentraube* geleert. Dann begann er, Mutter zu beschimpfen: Warum sie ihm einen Bastard ins Haus gebracht habe? Damit meinte er Wilhelm.

Und dass sie dessen Erzeuger zum Teufel schicken solle, da er sich jahrelang nicht blicken ließ. Stattdessen müsse er selbst, ein kriegsversehrter Rentner, die beiden durchfüttern!

Wenn Mutter noch Kraft hatte, stemmte sie sich gegen die Tiraden des Betrunkenen: Sie arbeite als Verkäuferin in einem HO-Laden und schaffe genügend Geld für alle nach Hause. Sogar Orangen hätten sie übers Jahr gehabt! Nach Feierabend schuftete sie noch als Näherin und besserte Kleidung aus. Der Großvater war auf Mutters Verdienst und ihre Geschicklichkeit angewiesen und nicht umgekehrt sie auf seine Rente!

Doch sie musste vorsichtig sein mit Widerworten, denn sobald er sich herabgesetzt fühlte, holte der Großvater aus. Wann genau dieser Punkt erreicht war, konnte niemand vorhersagen. Nicht immer brachte die Mutter ihre Hände rasch genug vors Gesicht ... Doch zumeist hinterließ der Schlag lediglich blaue Flecken auf den Unterarmen. In den letzten

Jahren, da er alt geworden war, erreichte er immer seltener ihr Gesicht, denn auch seine Kraft ließ nach. Und manchmal weinte er, nachdem er sie geschlagen hatte. Sie hingegen presste die Lippen so fest zusammen, dass kein Ton darüber kam. So fest, dass alle Farbe aus ihnen wich.

Bei diesen Erinnerungen krampfte Wilhelms Herz zum ersten Mal während seines Aufenthalts in der Klinik. Es stimmte also nicht, dass alle Übeltäter bestraft wurden! Manche setzten einfach ungehindert ihre Unrechtstaten fort!

Wilhelm schloss die Augen, um sich auf den Schmerz zu konzentrieren. Er wollte keinen dieser schweren Anfälle mit tauben Gliedmaßen und Sternen vor Augen. Willentlich lenkte Wilhelm seine Gedanken in eine andere Richtung. Schwesternschülerin Ilona kam ihm vor Augen, ihr Kampf mit den Strähnen. Wilhelm musste lächeln, und der Schmerz ließ nach. Schnell beschloss er einzuschlafen, bevor ihn noch mehr finstere Gedanken bedrängten. Oder er sich – wie so oft seit der Diagnose des Arztes – vorstellte, wie es war, wenn das Herz doch einmal stillstand. In panischer Angst betastete er seine Brust. Doch da war es noch, das beruhigende Pumpen. Sein Herz schlug von innen gegen den Brustkorb, als wollte es herausspringen.

«Wilhelm!», hörte er es mitten in der Nacht flüstern. Und noch einmal: «Wilhelm!» Der Tonfall drängelte. Wilhelm brauchte einen Moment, die Schlaftrunkenheit zu überwinden. «Was denn?»

Als sich seine Augen an die Dunkelheit gewöhnt hatten, erkannte er Milo, der auf dem Fensterbrett hockte. Die nackten Fußsohlen leuchteten im Widerschein des Nachtlichts, das nie erlosch, auch tagsüber nicht. Außer wenn einmal der Strom wegblieb.

Milo schwieg feierlich, bis Wilhelm unter seiner Decke hervorgeschlüpft war und neben Milo auf der Fensterbank saß.

«Es schneit!», sagte Milo dann.

«Wirklich?» Wilhelm kniff die Augen zusammen, um draußen in der Dunkelheit etwas zu erkennen. Und tatsächlich. Ganz gemächlich und schnurgerade trudelten Flocken an der Scheibe vorbei. Die Jungen konnten sie zählen, so wenige waren es.

«Zum Rodeln wird es nicht reichen», mutmaßte Wilhelm.

«Ich glaube auch nicht, dass wir das dürften», entgegnete Milo.

«Sicherlich verstößt es gegen eine Regel.»

«Nein, gegen drei!», mischte Bruno sich mit erhobenem Zeigefinger ein. Offenbar war er wach geworden und hatte ihre Unterhaltung belauscht. «Nämlich die Bergneigungs-, Schneenutzungs- und Kufenausrichtungsregel», erläuterte er. Da prusteten sie alle miteinander los.

Gemeinsam mit allen Zimmergenossen ihres Trakts in Haus 13 wurden sie am nächsten Morgen auf den Balkon gebracht. Zuvor mussten sie an einem hohen Schrank vorüber, in dessen Fächern muffige Decken gestapelt waren. Jeder musste eine herausnehmen und auf den Balkon tragen. Wilhelm nahm seine entgegen. Sie war grau wie ein Novembernachmittag, roch wie ein Hühnerkäfig, und der Stoff war kratzig. So bewaffnet, trat er über die Türschwelle nach draußen. Kalte Luft schlug ihm entgegen. Auf der von Bögen und Säulen eingefassten Loggia warteten Liegestühle. Bevor die Jungen jedoch auf den Liegen Platz nehmen durften, mussten sie sich in Decken einschlagen lassen. Eng wie eine zweite Haut. Wilhelm schüttelte es schon, wenn er nur daran dachte. Die Schwestern hatten eine spezielle Technik, die Zipfel und Säume so zu verschlingen, dass ihre Körper eingewoben waren wie in einen Kokon. «Ihr sollt ruhig ein- und ausatmen – und nicht bewegen!» Auf jeden Fall waren alle Jungs blass und zitterten in der Morgenkälte. Dadurch hieß man die Decken trotz des Miefes, der aus ihnen strömte, willkommen. Die Griffe der Oberschwester waren ruppig, Schwester Ilonas hingegen sanft und vorsichtig. Während sie wickelte, rief die Oberin ihre Befehle in die Winterluft. Eine weitere Schwester, die keiner der Jungs mit Namen kannte, half am anderen Ende des Luftbadebalkons. Sie arbeitete mit sicheren Griffen, aber wortkarg. Ilona war fahrig.

«Du musst schneller wickeln, Ilona, sonst ist die Liegestunde vorüber, bevor der Letzte eingepuckt ist. Und steck dir endlich die Haare unter die Haube!»

Ilonas Haut glänzte. Unter dem Tadel der Oberschwester wurden ihre Handgriffe noch hektischer. Sie beugte sich zu Wilhelm hinunter und stopfte einen losen Zipfel unter seinen umwickelten Körper. Wilhelm half ihr, indem er die Hüften leicht hob. Die einzige Bewegung, zu der er noch fähig war, indem er sich – vom Kopf bis zu den Füßen – steif wie ein Brett machte. Dankbar warf Ilona ihm ein Lächeln zu.

Wie Säuglinge auf der Neugeborenenstation lagen die Jungen dicht an dicht. Allmählich erfasste sie die Ruhe des frühen Morgens: kalte Luft ein, warme aus. Bewegungslos pflanzte ihr Atem weiße Wolkenpilze in den Wintermorgen. Der Neuschnee lag wie verwehter Puderzucker auf dem Waldboden, Nachtfrost hatte Wiesen und Baumwipfel erstarren lassen.

Schwester Ilona saß in Reichweite. Nur Milo und Bruno lagen noch zwischen Wilhelm und ihr. An diesem Morgen kämpfte sie – sobald sie sich auf den einzigen richtigen Stuhl gesetzt hatte – weniger mit ihren Strähnen als vielmehr mit dem Schlaf. Immer wieder fielen ihr die Augen zu, ihr Kinn sackte auf die Brust. Dann schreckte sie hoch, weitete die Lider, klopfte mit flachen Händen auf ihre Wangen, um wach zu werden. Wilhelm hätte ihr gern die Liege angeboten. Doch sie war ja zum Arbeiten hier, nur er durfte schlafen. Also schloss Wilhelm die Augen, auch wenn er viel zu aufgewühlt war und an Schlaf nicht zu denken.

Der Nachmittag verging ohne sie. Vermutlich hatte sie ein Zuhause, in das sie zurückkehren, ein Bett, in dem sie sich ausruhen konnte. Wilhelm vermisste sie, doch wagte er nicht, nach ihr zu fragen. Schon gar nicht die kraftstrotzende Schwester Oberin mit dem breiten Gesicht.

Nach dem Vespern lagen die Jungen auf ihren Matratzen. Sie sollten sich von den Strapazen des Tages erholen. Edgar spielte mit seinen Haaren, fuhr mit der Hand hindurch und probierte diese oder jene Variante seines Scheitels, während er das Bild aus dem Karton betrachtete. Bruno – das war keine Überraschung – las. Die Bücher stapelten sich auf seinem Tischchen. In allen steckte ein Lesezeichen, es schien, als lese er alle zur gleichen Zeit.

«Was liest du eigentlich?», fragte Wilhelm.

«*Die Schwarzen Brüder*», antwortete Bruno wie aus der Pistole geschossen, «so spannend!»

«Schwarze Brüder?», fragte Wilhelm. «Sind das auch Kranke?»

«Krank sind die nicht, aber bettelarm.»

«Bettelarm? Was ist das?»

«So arm, dass sie von ihren Familien verkauft werden. Als Schornsteinfegergehilfen nach Mailand.»

Wilhelm schwieg und versank in Gedanken. Verkaufen wollte ihn der Großvater nie, das nicht. Loswerden aber wohl. Und geschlagen hat er ihn, auch vor der Mutter und die Mutter vor ihm, aber verkaufen? Vielleicht ging es ihm doch nicht so schlecht daheim?

Die Sehnsucht nach der Mutter wuchs. Wie mochte es ihr ergehen, ohne ihn? War sie noch bei der Arbeit, würde sie bald heimkehren? Weilte der Großvater schon in der *Mädchentraube*, wenn sie zurückkehrte? Er wünschte sich so sehr, dass der Großvater Liebe in seinem Herzen entdeckte. Es musste doch Liebe zu finden sein, wo man solch eine Tochter großgezogen hatte! Da brach der Schmerz in seine Gedanken und überwältigte ihn. Ihm wurde schwarz vor Augen. Das Herz krampfte. Pumpte. Schrie.

«Schaut mal, der Wilhelm! Jetzt ist er auch blau! Wilhelm? Deine Lippen!»

Die Jungs umstanden sein Bett, riefen ihn. Er konnte sie gestikulieren sehen, ihre Rufe hören. Sprechen konnte er nicht. Er war auf den Schmerz fixiert und spürte, wie er zu schwitzen begann. Todesangst. Schlug sein Herz noch? Er tastete, konnte aber nichts spüren. Hatte es aufgehört zu schlagen? Wo war sein Herzschlag?

Da kam die Oberärztin, jemand hatte sie gerufen. Sie pflügte durch die Kinderschar wie der Eisbrecher auf der Dahme, bis sie vor Wilhelms Bett stand. Ohne Ansprache baute sie sich vor ihm auf, hob die Faust und ließ sie auf Wilhelms Brustkorb donnern, als wolle sie einen Felsen zertrümmern. Wilhelm dachte, sämtliche Rippen seien gebrochen. Er sah das Entsetzen in den Augen der anderen. Schmerzen überall, ihm wurde schwarz vor Augen. Doch bevor sie die Faust zum zweiten Mal hob, konnte er plötzlich wieder atmen. Tief sog er Luft ein. Ein zweiter Schlag blieb ihm erspart.

«Wilhelm?», fragte sie ihn.

«Ja», Wilhelm atmete erleichtert aus. Seine Stimme war noch dünn. Er sah die Jungen strahlen. Edgar, der neben die Oberärztin an sein Bett getreten war, klopfte ihm sanft auf die Schulter. «Jetzt bist du aufgenommen ins Haus der blauen Kinder.»

Die Eskorte war beeindruckend: Höchstpersönlich geleitete ihn die Oberschwester ins Haus 21. Wilhelm ging drei Schritte hinter ihr. In der Hand trug sie seine Akte. Zumindest vermutete Wilhelm, dass es das war, was der ockerfarbene Umschlag enthielt. Wilhelm hatte Mühe, ihr zu folgen. Schwester Ilona wurde stets von ihr angewiesen, nicht zu schnell zu gehen, damit niemand zusammenbrach. Für die Oberschwester schien das hingegen nicht zu gelten. Zum ersten Mal seit seiner Ankunft spürte Wilhelm etwas, das ihm von zu Hause her vertraut war: Angst.

«Wohin bringen Sie mich, Schwester Oberin?»

«Das wirst du früh genug merken.» Sie war nicht so alt wie sein Großvater, aber der Ton war der gleiche. Eine Schwester hatte sich Wilhelm immer zärtlicher vorgestellt, zarter ...

Wilhelm war das einzige Kind seiner Mutter. Und seine Mutter war der einzige Elternteil für ihn. Den Vater ihres Kindes, Wilhelms Vater, hatte sie verlassen und war zu ihrem eigenen zurückgekehrt. Ein verdammt schlechter Tausch in Wilhelms Augen. Doch so recht beurteilen konnte er es nicht: Wilhelm kannte seinen Vater nicht. Die Erinnerungen waren unscharf und voller Lücken.

Die Schwester Oberin platzierte ihn auf einen blanken Holzschemel. Schnaufend ließ er sich nieder. Wilhelms Herz schmerzte mit jedem Schlag.

Das Warten streckte sich über eine halbe Ewigkeit. Dann holte ihn eine andere Schwester herein – die Oberin war längst gegangen – und platzierte ihn erneut auf einem Stuhl. Immerhin saß er nun nicht mehr auf dem Korridor, sondern in einem Wartezimmer. Nach weiteren bleiernen Stunden wurde er schließlich zum Arzt hineingerufen. Der war jünger als die Oberärztin, sein Haar schwarz und lockig. Wilhelms Herz flog ihm zu.

«Bist du Wilhelm?», fragte der Mann.

Wilhelm nickte.

«Ich werde dich röntgen.»

Wilhelm zog ein ratloses Gesicht. Der Arzt wies ihn an, sich zu entkleiden und auf die Pritsche zu legen. Das dunkelgrüne Kunstleder war mit einem weißen Handtuch bedeckt. Als Wilhelm entkleidet darauf lag, hantierte der Arzt an einem laborartigen Schrank. Dann drehte er sich zu ihm um. In der Hand hielt er eine Spritze. Im Glaskolben eine beinahe schwarze Flüssigkeit. Wilhelm hatte noch nie solch einen Kolben gesehen! Eine Kuh mochte man damit heilen können. Aber ein Kind?

«Was ist das?», fragte Wilhelm.

«Ich möchte in dich hineinschauen. Zu diesem Zweck spritze ich dir ein Kontrastmittel …», der Arzt stutzte. «Wie heißt du: Wilhelm?»

Wilhelm nickte.

«So hieß mal ein Kaiser …» Der Arzt sprach weiter, während er Wilhelms Armbeuge desinfizierte, «… doch Kaiser gibt es nicht mehr, Gott sei Dank», murmelte er vor sich hin.

Dann hob er überraschend den Kopf und sah Wilhelm in die Augen. «Wie alt bist du, mein Junge?»

Wilhelm horchte auf: «Mein Junge» hatte ihn noch niemand genannt. Der Arzt hatte eine sanfte, tiefe Stimme. «Vierz… ah», wollte er antworten, bevor der Schmerz ihm die Sprache raubte.

«Ist gut, Wilhelm, schon überstanden. Jetzt muss nur noch die Flüssigkeit in deine Venen laufen.»

Konzentriert entleerte er den Kolben. «Wir warten eine halbe Stunde, bis sich das Mittel in deinem Körper verteilt hat. Dann hole ich dich vor das Röntgengerät. Und dann kann ich mir wie durch ein Fenster dein Herz anschauen.»

Wilhelm nickte, obwohl er kein Wort verstanden hatte. Von einem *Röntgengerät* hatte er noch nie gehört, nicht einmal in der Charité. Er schloss die Augen und versuchte zu spüren, wie sich das Mittel in seinem Körper verteilte. Doch alles, was er wahrnahm, war das Hämmern an der Einstichstelle. Und sein Herz. Das pochte schnell und schmerzte. Sicher kein Zufall, dass sich Herz auf Schmerz reimte.

Mit einer Eisenschürze versehen, die ihn zu Boden zerren wollte, stand Wilhelm kurze Zeit später vor einem quadratischen Holzpaneel in Höhe seines Brustkorbs. Darauf waren Striche und Kreuze verzeichnet. Der Arzt stand davor, mit gerunzelter Stirn, und versuchte, etwas auf dem Bildschirm zu erkennen. Wilhelm sah nichts außer einem gewaltigen Apparat aus metallenen Röhren. Die schnabelförmige Spitze einer der Röhren endete auf dem Quadrat vor seiner Brust. Offenbar konnte der Arzt darauf sein Herz sehen. Oder Teile davon. Zumindest erweckte er den Anschein. Er schien sich zu konzentrieren. Wieder erntete Wilhelm das bekannte Hm-hm. Es schien die Geheimsprache der Ärzte zu sein. Leider verstand Wilhelm sie nicht.

«Was meinen Sie, Herr Doktor?», fragte er.

«Das ist alles ein großes Rätsel», war die Antwort. Sie beruhigte Wilhelm nicht. War ein Rätsel besser als der sichere Tod?

Am nächsten Morgen zur Luftbadestunde gelang es Wilhelm, den Stuhl neben der Schwesternschülerin zu erobern. Er musste nicht lange kämpfen, die Jungs hatten seine Absicht längst erraten und ließen ihm den Vortritt. Als Ilona die Decke um ihn schlug, suchte er ihren Blick. Doch sie war schlichtweg zu beschäftigt, sie sah an ihm vorbei. Obwohl ihr Atem Wölkchen in die Luft zeichnete, trug sie Schweißtropfen auf der Stirn. Schwester Ilona war allein an diesem Morgen. Und alle Jungs wollten eingewickelt werden. Als einer der Ersten steckte Wilhelm in den Decken wie die Gewürzgurke im Rollmops.

In völliger Bewegungslosigkeit entließ er Atemwolken in die Novemberluft. Aus der Stadt klangen Töne herauf. Eine Schalmeienkapelle probte Weihnachtslieder. Wilhelm erkannte den näselnden Klang. Auch in Köpenick gab es eine solche Kapelle.

Wilhelm beobachtete Ilona weiterhin, doch Ilona würdigte ihn keines Blickes. Dabei wäre eine Berührung möglich – wenn er nur den Arm hätte strecken können! Ihr Kopf war gesenkt, Strähnen staken rechts und links aus der Haube und rahmten ihr Gesicht. Alle Jungen waren eingewickelt, nun studierte sie zutiefst gebannt eine Patientenakte: ein grauer Schutzumschlag, groß wie ein Briefblatt. Um ihre Aufmerksamkeit zu erregen, rutschte Wilhelm auf dem Liegestuhl hin und her. Doch Ilona schaute nicht zu ihm auf. Ihre Blicke eilten über die Zeilen und ließen sich einfach nicht von ihm einfangen. Wessen Akte mochte so faszinierend zu lesen sein? Wilhelm wünschte sich, es wäre seine!

Plötzlich stand die Oberin hinter ihr. «Schwester Ilona!» Ihre Stimme ging ihm durch Mark und Bein. Die Schwesternschülerin zuckte zusammen wie Wilhelm. Beinahe wäre ihr die Akte entglitten, so sehr war ihr der Schrecken in die

Glieder gefahren. Die Akte blieb in ihren Händen, aber etwas anderes fiel zu Boden: ein Buch.

Jetzt begriff Wilhelm, warum er ihre Aufmerksamkeit nicht erringen konnte: Schwester Ilona war ein weiblicher Bruno!

«Schwester Ilona», blaffte die Schwester Oberin, «Sie begleiten mich zur Genossin Oberärztin!»

«Aber ich kann doch die Patienten nicht allein zurücklassen …»

«Die können sich doch ohnehin nicht rühren.»

«Aber …»

«Sie kommen mit, aber dalli!»

«Schwester Oberin!», meldete sich Wilhelm zu Wort, ohne auch nur die Spitze seines kleinen Fingers bewegen zu können. Wie ein Habicht stieß die Oberschwester hinab. Ihre Nase schwebte über seinem Brustkorb, als wolle sie ihn öffnen. «Was gibt es denn?»

«Es tut mir leid, aber das ist mein Buch!» Wilhelm spürte, dass alles Blut aus seinem Gesicht wich. Die Oberin hielt inne und sah ihn überrascht an. Dann grinste sie unheilvoll: «Gib dir keine Mühe, Junge!» Sie bückte sich und hob das Buch vom Boden des Liegebalkons. Wilhelm versuchte noch, einen Blick auf den Deckel zu werfen. Er meinte, ein steigendes Pferd zu erkennen. Doch sicher war er nicht. «Ich hatte Schwester Ilona gebeten, es für mich zu halten, damit ich es lesen kann.»

Wie zum Beweis zappelte er mit dem Oberkörper, die Hände hilflos an seinen Flanken. Die Schwester Oberin hatte die Arme hinter ihrem Rücken verschränkt, das Buch hielt sie in den Händen. Geschickt verbarg sie den Einband vor Wilhelm. Mit kleinen Augen und einem teuflischen Grinsen sah sie ihn an. «Soso, du willst also dieses Buch gelesen haben?»

Wilhelm nickte so tapfer, wie es sich für einen angehenden Helden gehörte.

«Dann wirst du ja den Titel kennen?», unterstellte die Oberin listig.

Wilhelm nickte – zaghafter als zuvor. Schwester Ilona, die die Absichten der Oberschwester offenbar erahnte, begann, ihm stumm den Titel vorzusprechen. Sie stand abseits hinter der Oberschwester, konnte also nicht gesehen werden. Wilhelm war dankbar für diesen Versuch, doch leider gelang es ihm nicht, Ilonas Lippen ohne Töne zu lesen. Mit den Fingern betastete sie ihre Wangen, nein: Sie tat, als zeichnete sie etwas darauf! Sollte ihm das irgendetwas sagen? Schwarze Wangen?

«*Die Schwarzen Brüder*?» Es war mehr eine Frage als eine Antwort. Immerhin, diesen Titel kannte er.

Ilona verdrehte die Augen. Die Oberschwester zog das Buch hervor und zeigte Wilhelm den Deckel. Er las den Titel: «*Die Söhne der großen Bärin*.» Kein steigendes Pferd auf dem Umschlag – ein drohender Bär!

«Kommen Sie!» Die Oberin wandte sich zum Gehen. Und bevor Ilona ihr folgte, warf die Schwesternschülerin Wilhelm endlich einen Blick zu. Und nur deshalb fühlte sich die Niederlage an wie ein Triumph.

Im weiteren Tagesverlauf schien Ilona wie vom Erdboden verschluckt. Das trieb Wilhelm beinahe in den Wahnsinn, denn er musste doch wissen, ob sie ihm dankbar war oder ob sie sich jetzt noch mehr über ihn ärgerte.

Für den Nachmittag stand ein leichter Spaziergang auf dem Programm. Sie hatten sich vor dem Haus versammelt und warteten. Irgendetwas verzögerte den Aufbruch. Die Gruppe war etwas größer, drei Zimmer vom selben Gang.

Wilhelm kannte die Gesichter der anderen Jungen, ihre Namen jedoch nicht. Da, endlich, trat Schwester Ilona zu ihnen, in dicker gefütterter Jacke, Strickmütze, Schal. Wilhelm nahm sie erst wahr, als er ihre Stimme hörte und sie hinter ihm stand. Sein Herz schlug bis zum Hals. Sie gab unverzüglich das Kommando zum Abmarsch.

Es war schon spät, tief hingen die Wolken im Tal, das Wasser rann die Stämme hinab. Ilona war wortkarg und ließ sich auf kein Gespräch ein. Erst als sich Wilhelm neben sie gesellte, warf sie ihm einen Seitenblick zu, begleitet von einem Lächeln. «Danke für deinen Versuch», sagte sie leise. Mehr nicht. Sie ließ den Kopf hängen, was Wilhelms Vermutung stärkte, dass das Vergehen für sie noch ein Nachspiel gehabt hatte.

«Hat man dich bestraft?», fragte Wilhelm.

Anstatt zu antworten, wandte Schwester Ilona sich ab und legte einen strammen Schritt vor. Schnell vergrößerte sich der Abstand zwischen ihnen. Nachdenklich blieb Wilhelm zurück. Auch als Ilona die Spitze der Gruppe erreicht hatte, hielt sie das forsche Tempo bei. Sie trug weiße Stiefel mit Pelzbesatz, Wut schien ihre Schritte zu beflügeln. Wilhelms Augen konnten die Stiefel nicht lassen, sie leuchteten in der Dämmerung und schienen nicht so recht zum Waldspaziergang zu passen. Einige der Jungen begannen zu keuchen. Da beschleunigte Wilhelm ebenfalls den Schritt und schloss zu Ilona auf. «Du bist zu schnell für die blauen Kinder!», sagte er ernst. «Das Tempo halten sie nicht durch.»

«Was mischst du dich schon wieder ein?», fuhr sie ihn an. «Wir müssen vor Einbruch der Dunkelheit zurück sein. Ich bin für die Gruppe verantwortlich – nicht du!» Ihre Augen schossen Blitze.

Wut loderte in Wilhelms Magengrube. Er warf einen Blick

gen Himmel. Die Wolken waren zum Greifen nah, Dämmerung senkte sich über das Tal. Sie gingen am Flusslauf entlang, mal auf einer Höhe mit dem Wasser, mal ein Stück hangaufwärts, das Rauschen immer in Hörweite. Die meisten Jungen waren weit zurückgefallen und keuchten. «Es wird dunkel», murmelte Wilhelm, der immer noch Schritt hielt.

«Wir schaffen das!», beharrte sie.

«Du vielleicht, aber nicht die blauen Jungs.» Wilhelm blieb stehen. «Ilona, die Dunkelheit wird uns einholen!»

«Wie nennst du mich?» Ihre Wangen glühten.

Wilhelm verstummte.

«Ich bin eine Respektsperson für euch!», fuhr sie ihn an. «Auch für dich, Wilhelm!»

Sie ging ein paar Schritte voran. Dann wandte sie sich noch einmal zu ihm um. Wie am Vormittag verdrehte sie dabei die Augen. «Was willst du, Wilhelm?»

Er holte tief Luft. «Lass uns umkehren! Noch ist Zeit.»

«Unfug! Wir schaffen das. An der Brücke kehren wir um. Zeigt mir, dass ihr Kerle seid!» Ilona wandte sich ab und nahm ihr Tempo wieder auf. Noch waren nicht alle Jungs heran, aber alle, die sich nun, einer nach dem anderen, neben Wilhelm versammelten, waren außer Atem. «Die ist heute in Harnisch», murmelte einer. «Leg dich besser nicht mit ihr an!» Schon war Ilona weit voraus. Der neblige Dunst und die Dämmerung hatten sie beinahe verschluckt. Die Ersten setzten sich auf Ilonas Spur, bevor sie ganz außer Sicht geriet. Wilhelm blieb stehen. Wilhelms Blick verfing sich an einer markanten Felsformation. Zwei Granitblöcke standen so aneinandergelehnt, dass sie an ihrer Basis eine natürliche Höhle bildeten. Solche Felsen hatte er noch nie gesehen. «Was hast du vor?», fragte Bruno.

Wilhelm war schon in den Schutz der Felsen geschlüpft.

«Ich warte, bis ihr wiederkommt. Ilona wird bald umkehren. Dann schließe ich mich euch wieder an.» Wilhelm wusste, dass dies nicht ganz der Wahrheit entsprach. Tatsächlich wollte er Ilona zum Umkehren bewegen.

Edgar, der die Szene beobachtet hatte, schüttelte den Kopf und setzte die Wanderung fort. Bruno ebenso. Nur Milo, dessen Lippen bereits dunkel angelaufen waren, schlüpfte zu Wilhelm in die Höhle. Der trat zur Seite und ließ ihn rasch hinein. «Die Schwesternschülerin ist ein Trotzkopf», sagte Wilhelm wie zur Entschuldigung. «Warum sollten wir ihr hinterherlaufen wie die Lämmer?»

Milo schwieg. Er war damit beschäftigt, seine Hände zu reiben. Wilhelm war es etwas unangenehm, dass Milo sich ihm angeschlossen hatte. Es war doch eine Sache zwischen ihm und der Hilfsschwester. Aber je tiefer sich die Dämmerung ins Tal senkte, desto glücklicher war er, nicht allein zu sein. Im Schutz der Felsen machten sie es sich bequem. Der Nieselregen verschonte sie, die Kälte nicht. Milo schlang sich die Arme um den Oberkörper und rieb sich warm: Es half nichts.

So warteten sie eine Ewigkeit. Niemand kam. Ilona nicht, die Gruppe nicht. Die Nacht war hereingebrochen, es hatte aufgehört zu regnen. Zweimal traten die Jungen auf den Weg hinaus, lauschten in die Finsternis. Das Rauschen des Flusses war zu hören – sonst nichts. «Was, wenn sie uns nicht finden?», wagte Milo zu fragen.

Wilhelm zuckte mit den Schultern. Diese Frage hatte er sich nicht gestellt. Die Kälte kroch durch seine Schuhsohlen die Beine hoch. «Wir könnten ein Feuer machen», schlug er vor. Milo sah ihn aus großen Augen an. «Hast du Streichhölzer?»

Das musste Wilhelm verneinen. Dicht an dicht kauerten

sie sich an die Basis des Felsens. Sie begannen zu zittern. Zuerst sachte, dann immer heftiger.

«Du bist ein Held», sagte Milo, «du hast Mut.»

Wilhelm schwieg. Er fühlte sich nicht als Held, und die Verantwortung lastete schwer auf ihm. In Gedanken versuchte er, den Rückweg zur Klinik zu rekonstruieren, doch es gelang ihm nicht. Es konnte nicht mehr als ein Fußmarsch von einer Viertelstunde sein, in ihrem Versteck hörten sie die Glocken im Uhrenturm des Kurmittelhauses schlagen. Doch in welcher Richtung lag das Haus der blauen Kinder?

Wilhelm zog seine Jacke aus und legte sie Milo um die Schultern. Der warf Wilhelm einen dankbaren Blick zu. Doch im selben Moment fiel die Kälte Wilhelm an wie ein Raubtier und riss ihm den Mut aus der Brust. Wilhelms Zähne schlugen aufeinander, und er bereute seine Großmut. Er bereute auch, dass er Ilona die Gefolgschaft aufgekündigt hatte. Er bereute, dass sich Milo ihm angeschlossen hatte. Milo hatte nicht verdient zu frieren. Wilhelm hatte es verdient.

«Bist du verrückt?», platzte es aus Milo heraus. «Du holst dir den Tod!» Er zog Wilhelms Jacke aus, bevor er sich an die Wärme gewöhnt hatte. Dankbar nahm Wilhelm sie zurück. Verzweifelt starrten die Jungen in die undurchdringliche Dunkelheit. Wie das Wasser tropfte ihr Schweigen auf die Felsen, auf die Pflanzen, auf den Boden und breitete sich aus. Es schien, als wolle die Welt in Dunkelheit, Schweigen und Wasser versinken.

Endlich flackerte ihnen ein schmales Licht entgegen: eine Taschenlampe. An allen Gliedern zitternd, traten die Jungen aus dem Felsverlies hervor. Erst als der Lichtkegel sie vollkommen umfing, erkannten sie Edgars karierten Schal hinter der Lampe. Er trug eine Schirmmütze. Das Wasser lief in Fäden über die Kante. «Kommt endlich mit!», verlangte er. «Schwester Ilona hat gerade fürchterlichen Ärger, weil sie nur mit einem Teil der Truppe zurückgekehrt ist.»

Wilhelm wurde heiß unter seiner Strickmütze. Das hatte er nun wirklich nicht gewollt: Ilona noch mehr Ärger einzuhandeln! Kleinlaut krochen sie aus dem Versteck und folgten Edgar.

«Was sollte das eigentlich», fragte er sie, indem er sich zu ihnen umdrehte, «einfach auszubüxen?»

«Was geht dich das an?», murrte Wilhelm.

«Eben», bestätigte Milo.

Wie auf einer glühenden Herdplatte rutschten die Jungs auf dem Stuhl hin und her. Sie warteten auf dem Korridor. Die Standpauke der Schwester Oberin hallte durch die Tür bis zu ihnen hinaus. Es war die zweite für die Hilfsschwester an diesem Tag. Schuldbewusst senkte Wilhelm den Kopf. Als träfen *ihn* die Worte, die für Ilona bestimmt waren. Mit Blicken bohrte er ein Loch in den Dielenboden, um darin zu verschwinden.

Edgar klopfte an die Tür. Die Oberschwester rief «Herein!», und Edgar schob die Jungs durch den Türspalt. Wie ein Häuflein Elend saß Ilona in einen Sessel gesunken. Sie hatte das Gesicht in die Hände gestützt, Tränen liefen ihr über die Wangen. Sie vermied es, die Eintretenden anzuschauen.

Die Oberschwester ließ von Ilona ab und schoss auf Wilhelm zu. «Das ist das zweite Mal, dass du unangenehm auffällst, mein Junge! An einem einzigen Tag!»

Wilhelm ließ sich nicht beirren. «Ich wollte nur die Gruppe dazu bringen, mit Schwester Ilona umzukehren.»

«Du wolltest was?»

«Schwester Ilona zum Umkehren bewegen.»

«Wieso das?»

«Weil es schon dunkel wurde und sie sich unbedingt in den Kopf gesetzt hatte, den Spaziergang zu machen. Obwohl es schon zu spät war!» Er warf der Schwesternschülerin einen Seitenblick zu, doch sie hatte immer noch ihr Gesicht in den Händen vergraben.

Die Oberschwester kniff die Augenlider zusammen und nahm Wilhelm streng in den Blick. «Schwester Ilona hatte den Auftrag, einen Spaziergang zu machen. Und sie war pünktlich wieder im Haus. Allein es fehlten zwei Jungen, die sich absichtlich von der Gruppe entfernt hatten. Rate mal, Wilhelm, wer diese beiden waren! Und auf wessen Veranlassung sie sich von der Gruppe entfernt hatten!»

«Ich bin freiwillig bei Wilhelm geblieben», beteuerte Milo und reckte stolz seine Locken in die Höhe.

Die Oberschwester trat zum Schreibtisch, zog eine Lade heraus und ein Holzlineal hervor. Damit schlug sie auf die lederne Oberfläche des Tisches. Das Klatschen ließ Wilhelm zusammenzucken. Sie schlug zweimal. Dreimal. Mit jedem Mal wurde Wilhelm heißer.

«In unserem Hause herrscht Disziplin. Ich möchte das nicht noch einmal sagen. Für heute geht ihr ohne Abendbrot ins Bett. Falls ihr beide oder einer von euch, sich noch einmal unerlaubt von der Gruppe entfernt, wird dies Konsequenzen haben. Ich dulde keine Widerstandsnester.» Und damit klatschte das Lineal ein viertes Mal auf die Schreibtischunterlage.

Der Ton ging Wilhelm durch Mark und Bein. Plötzlich sah er die Bilder vor sich, hörte die Schreie: den Großvater, der ihn als Bastard beschimpfte. Sah ihn – vor seinem inneren Auge – den Ledergürtel aus dem Hosenbund ziehen. Das lange, schleifende Geräusch ließ sein Herz krampfen, der

Schmerz zwang ihn in die Knie. Die Schreie stammten aus seiner Kehle. Und auch die Mutter hörte er schreien. Er hielt sich die Ohren zu. Und rannte hinaus.

Ausgerechnet Schwester Ilona brachte den Jungen etwas zu essen. Stullen mit Schmalz und Wurst. Milo und Wilhelm waren allein. Die anderen Jungen waren im Aufenthaltsraum und schauten *Spuk unterm Riesenrad*. Wilhelm war erschrocken. Nur der Himmel wusste, was sie dafür aufs Spiel setzte!

«Du widersetzt dich der Oberschwester?», fragte Wilhelm.

Ilona schüttelte den Kopf. «Sie hat mir gestattet, euch Essen zu bringen.»

Milo stürzte sich bereits auf die Stullen, Wilhelm machte große Augen. Er wollte es nicht glauben.

«Sie hat ein Herz», bekräftigte Ilona. Und fügte schmunzelnd hinzu: «Aber nur, wenn sie will.»

Wilhelm presste die Lippen aufeinander. «Wer Kinder schlägt, hat kein Herz.»

«Wie kommst du darauf, dass sie das tut?»

Wilhelm verzog seine Miene. Ilona kicherte. Milo kaute auf seinem Brot.

«Glaube mir, sie schlägt keine Patienten», versicherte Ilona. «Warum sollte sie? Das hat sie gar nicht nötig.» Aus ihrem Mund klang es wahr. Und doch wollte Wilhelm es nicht glauben.

Er entschuldigte sich, dass er sie in Bedrängnis gebracht hatte. Eine Weile lächelten sie sich an. Das Schweigen fiel Wilhelm nicht schwer, denn er hatte den Mund voll. Sein Hunger war riesig. Daher fragte ihn Ilona: «Liest du wirklich?»

Wilhelm nickte mit vollem Mund. Vorsichtshalber biss er noch einmal ab. Gerade rechtzeitig.

«Was liest du gerade?»

Wilhelm lief rot an. Seine Blicke wanderten an Milo vorbei, der mit seinen großen, dunklen Augen lauschte, zu Brunos Bücherstapel. Da sah er das Buch, das er zu lesen angefangen hatte. Allerdings war er über ein paar Seiten nicht hinausgekommen. «*Die Rote Zora*», rief er erleichtert aus.

«Wirklich? Das ist eins meiner Lieblingsbücher!» Ilona strahlte.

Wilhelm verschluckte sich beinahe.

«Zora ist so ein tolles Mädchen. Furchtlos und kraftvoll. Und alle machen, was sie sagt. Die ganze Jungsbande gehorcht ihr. Ich wünschte, ich wäre wie sie!» Wilhelm nickte, immer noch kauend, Ilona seufzte. «Welches von den Mitgliedern ihrer Bande magst du am liebsten?»

Wilhelm murmelte eine undeutliche Antwort und biss erneut ab. Mehrmals. Bis seine Backen zum Platzen voll waren. Milo und er saßen auf ihren Matratzen und kauten synchron.

«Branko, bestimmt magst du Branko.» Ilona sah zu Boden und wurde rot. «Den mag ich jedenfalls.»

Wilhelm deutete auf seinen Mund. Seine Zähne kauten heftig, obwohl der Mund beinahe leer war. Wenn sie bloß nicht weiter frug! Wenn er bloß nicht antworten musste! Er aß und kaute und aß, bis seine Kiefer schmerzten, und ließ Ilona von der Roten Zora erzählen. Er nahm sich vor, mit dem Lesen zu beginnen, sobald die Schwesternschülerin den Raum verlassen hatte. Und wünschte sich doch nichts sehnlicher, als dass sie noch bliebe, um immer weiterzuerzählen.

Als Bruno und Edgar zur Tür hereinplatzten, hob Wilhelm nur kurz den Kopf. Sie wollten ihnen von *Spuk unterm Rie-*

senrad erzählen, doch Wilhelm legte nur kurz das Buch auf seinem Schoß ab, dann nahm er es erneut in die Hand. Er wollte wissen, wie es weitergeht. Bruno runzelte die Stirn. «Du liest?»

«Ich hoffe, das ist in Ordnung für dich?» Es war nicht als Frage formuliert. Bruno stellte sich vor Wilhelms Bett. «Lass mich raten: um Ilona zu beeindrucken.»

«Und wenn schon», sagte Wilhelm und schlug eine Seite von Brunos Buch um.

«Und wenn schon», echote Edgar, holte seine Hanteln aus dem Karton und stemmte sie zur Zimmerdecke. Erst einzeln, links, rechts, links, rechts, dann beide Arme zugleich. «Kein Verbrechen», keuchte er.

«Was?», fragte Milo.

«Es ist kein Verbrechen, einem Mädchen gefallen zu wollen», gab Edgar gepresst Auskunft. Beeindruckt beobachteten die drei Jüngeren eine Weile die schweißtreibende Arbeit des Zimmerältesten. Dann sahen sie sich an und schwiegen.

In jener Nacht konnte Wilhelm kaum schlafen. Dieses kleine Geräusch auf der Schreibunterlage hatte eine Qual in sein Herz gepflanzt: die Sorge, dass es der Mutter schlecht ergehen könnte in seiner Abwesenheit. Stets mäkelte der Großvater an ihr herum, mehr noch als an Wilhelm. Seitdem seine Tochter mitsamt Enkelsohn wieder bei ihm eingezogen war, konnte sie ihm nichts recht machen. Wilhelm war der *Bastard* der Familie und die einzige Tochter sein Sargnagel. Das ließ er sie spüren, Tag für Tag. Und seitdem der Arzt der Mutter eröffnet hatte, dass Wilhelm krank war, todkrank vielleicht, war sie doppelt und dreifach besorgt. Und sicherlich, vermutete Wilhelm, war der Großvater froh, dass sein Enkelsohn jetzt an einem anderen Ort war. Groll stieg auf in seinem Herzen: Der würde sich freuen, wenn Wilhelm niemals zurückkehrte! Wilhelm spürte, wie sich der Ingrimm in unbändige Wut steigerte. Die Angst um seine Mutter war schlimmer als das Heimweh! Am schlimmsten aber war das Gefühl der Wehrlosigkeit. Daran, ja, jetzt wusste er es, daran hatte ihn das Klatschen des Lineals erinnert: Hilflos zuschauen zu müssen und rein gar nichts tun zu können.

Wilhelm lauschte auf die Geräusche in seinem Zimmer. Edgars Schnarchen war unüberhörbar: das Schnarchen eines Mannes. Bruno hingegen träumte. Sein Wimmern war das eines Kleinkindes. Es schwoll langsam an und ebbte wieder ab. So erwachsen und abgeklärt die Leseratte am Tage wirken wollte, in der Nacht wurde er wieder zum Kind. Und manchmal war am nächsten Morgen das Bett nass …

Nur Milos Schlaf war geräuschlos. Wie ein Toter lag er auf dem Rücken. Der Bauch wölbte sich unter der Decke, sein Brustkorb hob und senkte sich, das konnte Wilhelm im Mondlicht erkennen. Und die Locken wucherten wie Beerengebüsch über das Kissen.

Da er sicher war, dass die Zimmergenossen schliefen, schlüpfte Wilhelm unter seiner Decke hervor. Als die nackten Sohlen die Dielen berührten, zuckte er zusammen. Er schlich hinüber und hockte sich vor Edgars Bett. Im Hocken erreichte er die Schachtel nicht. Also legte er sich flach auf den Boden. Jetzt konnte er sie mit den Fingerspitzen berühren. Reckte sich weiter vor und zog sie heraus.

Die Pappschachtel war schwerer als erwartet, und die Kälte der Dielen fuhr wie ein Faustschlag in seinen Bauch. Er war froh, als er den Karton in den Händen hielt. Er setzte sich wieder aufs Bett und schlang die Decke um seine Beine. Das Gewicht drückte auf seinen Schoß. Nachdem Wilhelm die Hanteln herausgeholt hatte, schob er die Schachtel zur Seite. Er achtete darauf, dass sie nicht zu Boden fiel, um die anderen nicht zu wecken. Nun lag er flach und ausgestreckt, die Gewichte rechts und links an seiner Flanke. Wilhelm hob erst den rechten Arm, wie er es bei Edgar gesehen hatte, dann den linken. Schmerzhaft zog es in der Schulter bis in die Hüfte hinein, die er fest ins Laken pressen musste. Einmal schaffte er beide Hände zugleich nach oben. Doch als er langsam wieder nachlassen wollte, knickten die Ellenbogen ein, und die Gewichte sausten nach unten. Beinahe wären sie ihm ins Gesicht gekracht, das konnte er mit letztem Muskelwiderstand gerade noch verhindern. Ein Schrei entschlüpfte seinen Lippen.

Als die Gewichte sicher an seiner Seite lagen, atmete er hörbar aus. Das war gerade noch einmal gut gegangen. Er hielt die Luft an und lauschte, ob einer seiner Zimmergenossen wach geworden war. Doch alle drei schienen zu schlafen. Erneut schöpfte er Kraft, hielt den Atem an und stemmte die Hanteln noch einmal hinauf. Seine Arme waren wie Butter, sie wollten einfach nicht standhalten. Doch Wilhelm wünschte sich Muskeln wie Edgar, am Rücken, an den Armen, am Bauch. Nicht dieses fleischige Schwabbeln. Wilhelm wollte stark sein!

Schon beim dritten Stemmen schmerzten die Arme überall, beim vierten bekam er die Gewichte kaum mehr nach oben. Wie eingefroren waren seine Muskeln. Da beschloss er, dass es für diesmal reichte. Er verstaute die Hanteln wieder im Karton und schob ihn über die Dielen zurück an seinen Platz unter Edgars Bett. Zum Tragen war er zu entkräftet.

Am nächsten Morgen klopfte Wilhelm zaghaft an die Tür zum Büro der Schwester Oberin. Über Krankenakten gebeugt, saß sie am Schreibtisch. Mit seinem Eintreten hob sie den Kopf. Überrascht sah sie Wilhelm ins Gesicht. «Du?»

«Darf ich?», fragte er höflich.

Die Schwester Oberin musterte ihn. «Kommst du, dich zu entschuldigen?»

Mit Blicken suchte Wilhelm das Lineal. Es lag in Reichweite. «Ich habe mich nicht gut verhalten.»

«Du nicht und Schwester Ilona auch nicht.» Wilhelm schien es, als hätten sich ihre Finger in Richtung des Lineals bewegt. Direkt daneben – das entdeckte Wilhelm jetzt erst – stand ein Telefon. Mit Wählscheibe. Die Oberschwester besaß ein eigenes Telefon! In Köpenick mussten sie stets auf die Straße hinaus zum nächsten Häuserblock, das öffentliche benutzen. Oder aber zum Frisör im Erdgeschoss. Wenn er denn geöffnet hatte.

«Darf ich meine Mutter anrufen?», fragte er.

Überrascht sah ihn die Oberschwester an. «Ach, daher weht der Wind.»

Wilhelms Blicke waren auf das Telefon geheftet. Daheim war die Zelle fünf Minuten entfernt! Köpenick lag an der Peripherie Berlins. In Mitte waren die Telefonzellen häufiger. Wegen der Touristen, vermutete Wilhelm.

«Ich bin nicht die Telefonzentrale», antwortete die Schwester Oberin.

«Wo ist denn die Telefonzentrale?», fragte Wilhelm.

«In der Verwaltung. Dort gibt es allerdings keinen öffentlichen Apparat. Den gibt es nur unten, in der Stadt. Und dahin dürft ihr nicht. Nicht allein.»

«Ich möchte mich nach dem Wohlergehen meiner Mutter erkundigen. Ich mache mir Sorgen.»

«Deine Mutter ist kerngesund.»

«Ist sie nicht», entgegnete Wilhelm.

«Jedenfalls gesünder als du.»

«Woher wollen Sie das wissen?»

«Weil man nicht kränker sein kann, als du bist. Krankheiten des Herzens sind unheilbar.»

Wilhelm wusste mit Bestimmtheit, dass seine Mutter noch viel kränker und unglücklicher war, als er es jemals sein konnte. Dass ihre Krankheit sicherlich auch vom Herzen kam – und vom Großvater. Doch wie sollte er das der Oberschwester erklären?

«Warum wollen Sie mich nicht telefonieren lassen?», fragte Wilhelm. «Der Apparat steht da. Sie müssen doch nur den Arm danach ausstrecken.»

Die Schwester Oberin sah ihm in die Augen. Für einen kurzen Moment zitterte ihr Lid. Dann hatte sie sich wieder in der Gewalt. «Das sind die Regeln. Sobald du dich nicht mehr über sie hinwegsetzt, überlege ich, ob ich in diesem Fall eine Ausnahme mache und dich mit deiner Mutter telefonieren lasse.»

Ihrer Miene konnte Wilhelm ansehen, dass diese Ausnahme in unerreichbarer Ferne lag. Grußlos wollte er das Zimmer verlassen, da sprach ihn die Oberschwester noch einmal an: «Sicherlich kommt dich deine Mutter zum Weihnachtsfest besuchen.»

Wilhelm starrte an ihr vorbei ins Leere. Sah zu Boden, um seine Tränen zu verbergen. Dann wandte er sich ab und schloss die Tür hinter sich. Es war vollkommen unwahrscheinlich, dass die Mutter die weite Reise noch einmal auf sich nahm. Und Geld hatte sie auch keines übrig dafür. Nein, sicher würde sie ihn Weihnachten nicht besuchen kommen.

Doch immerhin schien die Oberschwester davon auszugehen, dass Wilhelm das Weihnachtsfest noch erlebte. Das war die gute Nachricht.

In seinem Traum sprang Wilhelm die letzten fünf Treppenstufen ins Erdgeschoss hinunter. Wie so oft stand der Frisör in der Ladentür und grüßte den Vorbeieilenden. Den Bruchteil einer Sekunde später kam Wilhelm schon wieder zurück, völlig durchnässt vom Schwimmen in der Dahme. Wasser troff aus seiner Kleidung. Wilhelm versuchte, sich – vollständig bekleidet – abzutrocknen. Der Frisör reichte ihm Handtücher. Doch die waren klein wie Lappen, viel zu klein für das viele Wasser. Wilhelm hinterließ einen Bach auf der Treppe. Das Wasser floss die Stufen hinab, und der Frisör starrte ihm verwundert hinterher. Dann bückte er sich und versuchte, es in den hohlen Händen aufzufangen und in seinen Laden zu tragen.

Wilhelm huschte über die Schwelle ihrer Wohnung. Kaum dass er sie betreten hatte, stand der Großvater vor ihm. Wie ein Baum versperrte er den langen, dunklen Flur, der in sein und seiner Mutter Zimmer führte. Die Mutter schlief im Bett, Wilhelm auf einem alten Sofa, mehr Luxus ließ die Wohnung des Großvaters nicht zu.

Als er ihm Auge in Auge gegenüberstand, begann es aus Wilhelm herauszufließen: aus den Hosentaschen, aus den Hemdsärmeln, aus den Löchern in der kurzen Hose. Aus jedem noch so kleinen Loch schoss Wasser, und bald schon waren die Dielen bedeckt. Einen Atemzug später stand es knöchelhoch. Da hob der Großvater den Arm und wollte zuschlagen.

Mit einem Ruck streckte Wilhelm die Hände über den Kopf, um sich zu schützen. Aber was tat der Großvater? Er taumelte zurück! Erschrocken schaute Wilhelm auf: Der Angreifer blutete aus der Nase. Wie das Wasser aus Wilhelms Hosenbeinen schoss dem Großvater das Blut aus der Nase. War es Wilhelm, der ihm die Wunde beigebracht hatte? Der

Großvater taumelte, das Blut schoss weiter. Da ging Wilhelm auf ihn los: Schlug ihn mit unbändiger Wut so lange, bis sein Gegenüber auf dem Boden lag. Das Wasser war verschwunden, Blut strömte stattdessen über die Dielen. Und als Wilhelm endlich wieder zur Besinnung kam und von seinem Opfer abließ, da war es nicht der Großvater, den er verprügelte, es war der freundliche Frisör. Aus seiner Nase rann das Blut. Und als er den verstörten Blick des Mannes sah, beendete ein Schwall kalten Wassers Wilhelms Traum.

Wilhelm prustete und schrie vor Wut. Die Matratze war nass wie das Ufer der Dahme. Mit zornigen Blicken schaute er in die Runde: Die Zimmergenossen umringten ihn lachend, selbst Bruno, der Bücherwurm, sperrte sein Maul auf. Es war noch dunkel draußen, doch die Jungen waren hellwach. «Strafspaziergang mit Schwester Ilona», verkündete Bruno, «fürs Zuspätkommen.»

Und da die Jungen den Schuldigen kannten, hatten sie Wilhelm mit kaltem Wasser aus der Schüssel geweckt. Wilhelm schoss auf Edgar zu, der sich bis dahin ruhig verhalten hatte. Er war so überrascht, dass er zurückwich, strauchelte, schon lag er ausgestreckt auf dem Rücken. Wilhelm konnte nicht anders, er hockte sich auf ihn, als sei dies eine Verlängerung des Traumes ins wahre Leben. Zwei Schläge konnte er anbringen, dann zerrten ihn die andern Jungs von Edgars Bauch herunter. Wilhelm keuchte. Edgar zog ein Taschentuch aus der Hose und presste es gegen seinen Nasenflügel. Sollte er die Bohnenstange wirklich blutig gedroschen haben, er, Wilhelm, der Dreikäsehoch? Die Sportniete?

Wilhelm fühlte sich stark, sein Herz schlug kraftvoll und ganz ohne Krämpfe. Ein seltsames Glücksgefühl durchströmte ihn. Bis die Oberschwester hereinkam und ihn von

Edgar fortzog. Der lag immer noch bewegungslos, mit dem Taschentuch auf der Nase, am Boden. Doch Wilhelms Hände waren längst an seine Seite gesunken. Das Taschentuch, das Edgar von der Nase nahm, war in tiefes Rot getränkt! Und Wilhelm schämte sich.

In einem Zimmer, das Wilhelm bis dahin nicht kannte, wurde er auf ein Bett gelegt, ohne dass man ihn zudeckte. Willenlos ließ er seine Handgelenke in Ledermanschetten schnallen. Ebenso die Fußgelenke. Von der Decke baumelte eine blanke Birne, das Zimmer war schmucklos. Die Sonne über den Gipfeln war noch nicht aufgegangen. Wilhelms Magen grummelte. Nun, da die Aufregung vorüber war, spürte er Hunger.

Wie unglaublich enttäuscht von ihm wäre die Mutter, wenn sie davon erführe!

Da schlug die Tür auf, und sie brachten Edgar herein. Er wehrte sich nicht, ließ sich widerstandslos auf dem Bett an der anderen Wandseite fixieren. Die beiden Jungen wurden allein gelassen.

Edgar vermied es, Wilhelm anzuschauen. Wilhelm wandte ihm den Kopf zu – die einzige Bewegung, zu der er fähig war. «Es tut mir leid», flüsterte er kleinlaut.

«Schon gut», kam es wie aus der Pistole geschossen, ohne dass Edgar zu ihm hinübersah.

Aus den Augenwinkeln konnte Wilhelm ein Pflaster erkennen. Es zog einen Streifen quer über Edgars Nase. «Blutet es noch?»

«Ach, nicht der Rede wert. Viel schlimmer ist …»

«Was?»

«Die Hanteln», Edgar seufzte. «Sie haben sie kassiert.»

«Wer?»

«Wer wohl: der Oberdrachen!»

«Wieso?»

Edgar atmete tief durch. Wilhelm sah, dass er die Fäuste ballte. «Weil es angeblich *zu gefährlich* sei für uns.» Gekonnt hatte Edgar den Tonfall der Oberschwester nachgeäfft. Wilhelm musste lachen.

«Da gibt's nichts zu lachen, sie hat die Hanteln. Weiß der Henker, wo sie sie aufbewahrt.»

«Warum ist es dir so wichtig, stark zu sein?», fragte Wilhelm.

«Ich will nicht stark sein. Es geht mir nicht um Kraft. Ich will nur gut aussehen, einen schönen Körper haben – verstehst du das?» Schnell drehte Edgar seinen Kopf zur Wand, doch Wilhelm hörte die Tränen, auch ohne sie zu sehen.

«Ich schwöre dir, ich werde deine Hanteln zurückholen», sagte Wilhelm feierlich.

Edgar schwieg eine Weile. Dann sagte er leise: «Wenn ich gewollt hätte, hätte ich dich mit einem Schlag von mir runtergewischt, du Keks!»

«Aber du wolltest nicht», grinste Wilhelm.

«Wer will dir schon wehtun?» Edgar drehte den Kopf wieder zu Wilhelm.

«Klar.»

Am nächsten Morgen wurde Wilhelm durch ein Rütteln an der Schulter geweckt: Ilona. Wenn er das gewusst hätte, hätte er sich schlafen gestellt und das Wachrütteln noch ein wenig genossen. Schwester Ilona öffnete gerade die Ledermanschetten an den Handgelenken, die Wilhelm die Nacht über auf der Matratze fixiert hatten. Dankbar beobachtete er ihre Bewegungen. Sie ging hinüber zu Edgar, der schon längere Zeit wach zu sein schien, und befreite ihn ebenfalls.

Dann, mit zögernden Schritten, trat sie erneut an Wilhelms Bett.

«Wir haben uns wieder vertragen, Edgar und ich», verkündete Wilhelm stolz.

«War das denn nötig?», fragte Schwester Ilona.

«Das Vertragen?»

«Nein, das Prügeln!»

Einhellig bekräftigten sie: «Natürlich. Jungs müssen sich prügeln, um herauszufinden, wer der Stärkere ist.»

«Klar.» Sie schüttelte den Kopf.

Wilhelm und Edgar grinsten sich an.

«Findet doch lieber heraus, wer der Klügere ist.»

Edgar und Wilhelm rieben sich die Handgelenke. Die Oberschwester hatte die Manschetten am Vorabend nochmals angezogen. Obwohl niemand in der Nähe war, senkte Ilona die Stimme: «Falls ihr der Schwester Oberin begegnet: nicht widersprechen, Reue zeigen, Besserung geloben.»

Sie nickten folgsam.

«Und jetzt geht erst einmal mit den anderen frühstücken.»

Edgar verließ sofort den Raum. Wilhelm wartete, ob Ilona nicht noch ein Wort unter vier Augen für ihn zurückgehalten hatte. Er wartete nicht vergeblich. «Du kannst mich nicht beeindrucken, indem du andere Jungs schlägst oder einfach nur behauptest, Bücher gelesen zu haben.»

Wilhelm machte große Augen. Dann sah er zu Boden. «Wie kann ich dich denn beeindrucken?»

Schwester Ilona sah ihn schweigend an. Dann platzte sie lachend heraus: «Indem du bis zu Ende liest. Die *Zora* zum Beispiel. Die würde dir gefallen, da bin ich mir sicher.»

«Bruno, ich brauche noch einmal dein Buch!»

«Mein Buch?» Bruno sah sich um. Mit einem Kopfnicken deutete er auf seinen Nachttisch. Dort lagen, aufgestapelt, vier oder fünf Bücher.

«Wenn du noch mehr brauchst: da unten.»

Wilhelm öffnete das Schränkchen unter dem Nachttisch. Dort lagen tatsächlich noch mehr als ein Dutzend. Beinahe purzelten sie Wilhelm entgegen, so viele waren es.

«Ich brauche aber ein bestimmtes», sagte Wilhelm.

«Seit wann kennst du dich mit Büchern aus?»

«Seitdem er in Schwester Ilona verliebt ist», sagte Edgar, das Bild seiner Verlobten gegen die angehockten Oberschenkel gelehnt.

Wilhelm lief rot an.

«Welches Buch suchst du?», fragte Bruno.

«Die Rote Zora.»

«Lustiger Titel», bemerkte Milo. Seitdem er den Raum betreten hatte, war er nicht von Wilhelms Seite gewichen.

«Tolles Buch!», sagte Bruno: «Ein Mädchen, das eine Bande gründet. Sie macht alles, was man nicht darf: Hühner stehlen, in einer verlassenen Burg wohnen, Dorfteiche auslassen.»

«Klingt gut», sagten Wilhelm und Edgar wie aus einem Mund. Sie warfen sich einen Blick zu, der ihren Streit ein für alle Mal beendete.

«Ich muss rausfinden, wer dieser Branko ist.»

Bruno runzelte die Stirn. Mit vielsagendem Blick in Wilhelms Richtung beugte er sich zum Schränkchen hinunter und zog eines der Bücher aus dem Stapel. Dann übergab er Wilhelm feierlich das verlangte. Es trug einen knallroten Einband.

«*Die – Rote – Zora*», las Wilhelm stockend.

Bruno lachte.

«Was ist?», fragte Wilhelm.

«Wenn das deine Lesegeschwindigkeit ist, wirst du den Ausgang des Buches nicht mehr erleben.»

Ein Moment der Stille. Dann lachte Milo los, und die anderen fielen mit ein. Wilhelm ließ sich nicht beirren, nahm das Buch und warf sich bäuchlings aufs Bett.

Wilhelm las und las. Anfangs, damit er Schwester Ilona etwas zu berichten hatte. Dann zog ihn die Atmosphäre der Geschichte in ihren Bann: Er genoss die Wärme der Adriaküste, die Inseln, die schroffe Felslinie, die Einfachheit des Lebens, die Aufgeschlossenheit der Menschen. Da klang etwas ganz anderes durch als der Ton Berlins, der immer ein rauer war. Zora, obwohl Bandenchefin und Plage des Dorfes, war ein Teil der Gemeinschaft. Auch Wilhelm wollte dazugehören, wollte zu ihrer Bande gehören. Wenn selbst der zurückhaltende Branko aufgenommen wurde, warum dann nicht er? Wilhelm las und las und konnte nicht von dem Buch lassen. Die Jungen gingen ohne ihn zum Abendbrot. Allen, die nach Wilhelm fragten, erklärte Milo mit rollenden Augen: «Er ist in ein rotes Buch getaucht.»

Am nächsten Morgen hatte er es durchgeschmökert. Begeistert schilderte er Bruno, was ihm gefallen hatte. Bruno hörte geduldig zu, nickte und lächelte. Dann sagte Wilhelm noch etwas, das Bruno mit einem überraschten Gesichtsausdruck quittierte: «Wir müssen auch eine Bande gründen!»

«Du willst stehlen? Herumstreifen? In einer alten Mühle leben?» Bruno sah Wilhelm lange an.

Wilhelm wog den Kopf. «So in etwa.»

«Hast du nicht schon genug Ärger?»

«Ich will Abenteuer erleben und nicht vor Langeweile sterben!»

«Wir sterben nicht vor Langeweile. Wir sind herzkrank.»

«Egal woran, sterben müssen wir.» Wilhelm hob die Schultern. «Also: Bist du nun Teil der Zora-Bande?»

Bruno seufzte: «Hätte ich dir doch besser *20000 Meilen unter dem Meer* gegeben!» Doch er schlug ein, und Wilhelm wusste, dass er es nur ihm zuliebe tat. «Milo und Edgar sind sicher auch mit von der Partie.»

«Und was wird unser erstes Bandenabenteuer?»

Wilhelm musste nicht lange überlegen. «Wir holen Edgars Hanteln zurück!»

Bruno entzog Wilhelm die Hand. «Du willst die Hanteln aus dem Zimmer der Oberärztin stehlen?»

«Nicht stehlen: zurückerobern.»

Endlich kam Wilhelm an die Reihe, die Post abzuholen. Schon auf dem kurzen Weg über die steinerne Brücke und durch den Wald war sein Herz voller Vorfreude. Er war sich sicher, dass dort unten im Tal im Haus der Verwaltung ein Brief der Mutter auf ihn wartete. Der Schnee knirschte unter seinen Sohlen, denn der Boden war noch nachtkalt. Die Sonne schien, doch bei klirrender Novemberkälte konnte sie der dünnen Schicht Neuschnee nichts anhaben. Die Tür zur Poststelle war nur angelehnt.

Als Wilhelm eintrat, empfing ihn ein betörender Geruch von Karton und Papier. Auch andere Substanzen, die er nicht genau zuordnen konnte: Knochenleim und etwas Alkoholisches waren darunter. Und *Muckefuck*, wie die Mutter es nannte: Ersatzkaffee. Wilhelm erkannte ihn sofort am Geruch. Und entdeckte die halb volle Tasse auf einem Stapel Pakete. Sein Herz schlug.

Dann noch ein unbestimmter Duft von Zeitungen, die hier offenbar auch ausgeliefert wurden. Wilhelm hatte noch nie eine Zeitung in Haus 13 gesehen.

«Du holst heute die Post?» Das fragte ein Mann im grauen Kittel, die Haare ebenfalls grau und die Gesichtsfarbe annähernd.

Wilhelm nickte. Es war das erste Mal für ihn. Am Vortag war Bruno an der Reihe gewesen.

Der graue Mann wies auf einen Stapel. Das Haar war mit Haarwasser an seinen Schädel gepappt. Der Oberpoststellenverwalter – oder wie immer sein Titel lauten mochte – erinnerte Wilhelm an den Großvater. Als er sich umdrehte, erkannte Wilhelm, dass ihm ein Arm fehlte. Alles, was er tat, tat er mit dem linken. Der rechte Ärmel seines Kittels schlackerte wie ein leerer Schlauch an seiner Seite. Das ließ ihn seltsam schief erscheinen.

«Ich suche einen Brief – von meiner Mutter.» Wilhelm sah sich um. «Sie müsste längst geschrieben haben», fügte er hinzu. Er entdeckte einen Stapel unsortierter Post. «Vielleicht da?»

Der Mann warf einen kurzen Blick auf den Briefhaufen. «Das ist der Ausgang.»

«Der Ausgang? Dieses kleine Fach? Wer will denn dort rauskommen?»

Der Mann lachte: «Nicht das Fach ist der Ausgang, die Briefe, die die Klinik verlassen, *nach draußen gehen*. Ausgang halt.»

«Ach.» Wilhelm griff nach den Ausgangsbriefen und sah sie durch.

«Wie heißt du?»

«Wilhelm Kramm. Meine Mutter heißt Annemarie.»

Mitleidig sah der Postmeister Wilhelm an. «Ich werd's mir

merken. Sobald mir etwas mit diesem Namen in die Augen fällt, sorge ich dafür, dass es dich so schnell wie möglich erreicht.»

Einen kleinen Stoß Briefe in der Hand, gebunden mit einer gezwirbelten und gekreuzten Schnur, darauf ein handgeschriebener Zettel *Haus 13*, stand Wilhelm unschlüssig in der Tür. Er wusste, das Gespräch war beendet.

Der Postmeister verstand Wilhelms Zögern. Endlich sagte er seufzend: «Hier kommt nichts weg, mein Junge. Wenn dich kein Brief erreicht hat, heißt das, dass keiner angekommen ist.» Er zog eine bedauernde Miene und streckte den verbliebenen Arm nach ihm aus. Da drehte sich Wilhelm um und rannte aus der Tür, bevor der Postmeister seine Tränen bemerken konnte.

Es dauerte zwei Tage, dann wussten sie, wo die Sportgeräte versteckt waren. «Der Karton steht auf dem Schrank im Zimmer der Oberärztin», sagte Bruno nach der Visite.

Die Jungen steckten die Köpfe zusammen. «Bist du ganz sicher?»

«Ich habe ihn gleich erkannt, ganz hinten auf dem Schrank, grau! Und die richtige Größe hatte er auch.»

Edgar ließ den Kopf sinken. «Niemand gelangt unbeobachtet ins Zimmer der Oberärztin.»

«Es sei denn», Bruno hob den Finger, «sie ist nicht da. Zum Beispiel in der Nacht.»

«Da ist das Zimmer abgeschlossen», gab Milo zu bedenken.

«Es gibt einen Generalschlüssel im Schwesternzimmer», sagte Bruno.

«Bist du ganz sicher?», fragte Wilhelm elektrisiert.

Bruno nickte.

«Dann habe ich einen Plan! Und er ist der Roten Zora würdig.»

«Mir ist schlecht», klagte Milo. «Sicherlich habe ich etwas Unrechtes gegessen.» Dann glätteten sich seine Züge, und er sah Wilhelm mit leuchtenden Augen an. «Richtig so?»

«Vielleicht noch etwas leidender», schlug Wilhelm vor, «mit schmerzverzerrtem Gesicht?»

«Übelkeit ist kein Schmerz!», protestierte Bruno. «Übelkeit ist», dann wusste er auch nicht weiter, «eine Übelkeit».

Milo würde am sichersten das Mitleid der Nachtschwester erregen. Schwester Angelika war für ihr großes Herz berühmt.

«Mir ist so furchtbar schlecht», versuchte Milo es erneut, diesmal mit noch mehr Dramatik. Die umstehenden Jungs nickten zufrieden. Als Milo Würgegeräusche hinzufügte, winkte Wilhelm ab. «Lass das lieber weg. Ich glaube, das ist zu viel.»

Zu zweit rannten sie zum Zimmer der Nachtschwester. «Schwester Angelika, Schwester Angelika!»

Alarmiert von den Rufen der Kinder, trat die Nachtschwester in den Lichtkegel vor dem Büro. Ihre Silhouette warf Schatten auf den Flur hinaus.

«Kommen Sie, schnell! Milo geht es schlecht!» Gleich drehte Bruno sich wieder um und rannte zurück. Wilhelm verharrte einen Moment. Er wartete ab, wie die Nachtschwester reagierte.

Ohne auch nur einen Moment zu zögern, rannte Schwester Angelika Bruno hinterher. Wilhelm verlangsamte den Schritt. Als sie gleichauf mit ihm war, hielt Schwester Angelika inne. «Ich muss die Tür abschließen!» Im Schwesternzimmer lagerten Akten, Bargeld, Medikamente. Die Tür musste immer verschlossen sein, das wussten die Jungs seit dem ersten Abend.

«Ich mach das schon!» Wilhelm trat um sie herum, sodass er ihr den Rückweg ins Büro versperrte. Und Schwester Angelika ließ sich täuschen.

«Kommen Sie, rasch!», rief Bruno da, genau im richtigen Moment, und rannte zum Zimmer der Jungen voraus. Schwester Angelika folgte ihm, obwohl die Tür noch offenstand. Wilhelms Herz jubelte innerlich. Er trat nun ins Schwesternzimmer und an das Schlüsselbrett. Sein Blick tastete über die Reihen: Welcher war der Richtige? Der Schein der Schreibtischlampe reichte nicht aus. Wilhelm betätigte den Lichtschalter. Die Neonröhre goss Kälte aus. Nun hatte Wilhelm den Generalschlüssel schnell gefunden: rotes Etikett. Selbst daran hatte sich Bruno richtig erinnert!

Da sein Pyjama keine Taschen hatte, verbarg er den Schlüssel in der Faust.

Als Wilhelm ihr Zimmer betrat, hatte Milo bereits seinen Bademantel übergestreift und schickte sich an, Schwester Angelika zu folgen. Er war totenblass.

«Wohin bringen Sie ihn?», fragte Wilhelm erschrocken.

«Nun, ich werde ihm ein Klistier setzen», erwiderte Schwester Angelika.

Aus Milos Augen sprach die nackte Verzweiflung. Tonlos formten seine Lippen eine Frage. Und da Milo vor Angst keine Stimme mehr hatte, sprang Wilhelm ein: «Was ist ein Klistier?»

«Wir müssen alles, was in seinem Magen und seinen Gedärmen ist, herausholen», sagte die Nachtschwester.

Diese Auskunft war nicht geeignet, Milo zu beruhigen.

Keiner der Jungen hatte eine Vorstellung davon, auf welche Art ein Klistier den Inhalt eines Magens nach draußen beförderte.

Milo wurde von der Nachtschwester abgeführt. Wilhelm und Bruno blieben zurück. Edgar drehte sich zur Wand. Er sollte so wenig wie möglich von dem Plan wissen, damit er nicht beschuldigt werden konnte, wenn der Verdacht auf ihn fiele. Die Jungen hofften darauf, das Verschwinden der Schachtel vom Schrank der Oberärztin möge verborgen bleiben.

Wilhelm und Bruno sahen sich an. «Eigentlich hätte uns nichts Besseres passieren können: Die Nachtschwester ist mit Milo beschäftigt – und wir haben freie Bahn!»

Bruno nickte. «Der Ärmste.»

Das Schwesternzimmer lag in Hörweite, wie die Jungen feststellen mussten: Sie hörten Milo verzweifelt beteuern, dass es ihm nicht mehr schlecht gehe. Sie solle ihn wieder zu Bett bringen! Einen Moment waren Bruno und Wilhelm wie eingefroren.

«Weiter im Plan, sonst leidet Milo umsonst», mahnte Wilhelm. Er klang so, wie er sich Branko vorstellte. Stark und entschlossen. Das rüttelte Bruno wach. Endlich konnten sie wieder handeln! Wilhelm öffnete seine Faust, und Bruno nahm den Generalschlüssel an sich.

Bald standen sie im Zimmer der Oberärztin. Sie wagten nicht, das Deckenlicht zu entzünden. Doch auf dem Fensterbrett lag eine Lichterkette mit geflügelten Wesen. Sie verströmten ein mattes, gelbes Licht. «Engel», seufzte Bruno.

«Engel?», fragte Wilhelm. Und Bruno nickte.

«Weiter im Text!» Wilhelm, etwas größer als Bruno, angelte sich einen Stuhl. Schnell war er darauf geklettert. Der

Stuhl kippelte gefährlich. Wilhelm hatte den Karton fest im Blick, doch er konnte mit seinen Armen nicht hinauflangen. Also stellte er sich auf die Lehnen. Endlich erreichten seine Fingerspitzen die Schachtel. Er kratzte daran, und tatsächlich, der Pappkarton bewegte sich in seine Richtung. Er schabte weiter, konnte sie umfassen. Doch im Hinabsteigen machte er einen Fehler: Er belastete eine Armlehne, ohne das Gewicht mit dem anderen Fuß auf der Sitzfläche auszugleichen. Der Stuhl geriet in Schieflage und ließ Wilhelm kippen. Im Fallen dachte er noch, die schwere Schachtel mit den Hanteln möge bloß nicht auf ihn stürzen! Oder noch schlimmer: auf Bruno!

Dicht neben Wilhelms Kopf krachte sie auf die Dielen. Die Jungs hielten den Atem an. Das musste die Nachtschwester doch gehört haben!

Im ersten Moment spürte Wilhelm keinen Schmerz. Doch je länger sie schwiegen und darauf warteten, dass etwas passierte, desto mehr drang ein Stechen in sein Bewusstsein. Es ging vom Knöchel aus. Erst als Wilhelm sich aufstellen wollte, spürte er, wie ernst es war. Mit einem Fluch auf den Lippen wandte er sich an Bruno, der das Sprechzimmer so rasch wie möglich verlassen wollte. Mit schmerzverzerrtem Gesicht humpelte er hinterher. «Nicht so schnell!», hielt er ihn zurück.

«Gebrochen?», fragte Bruno entsetzt.

«Weiß nicht», zischte Wilhelm. Auf Bruno gestützt, machten sie sich auf den Weg. Im Zimmer der Nachtschwester brannte Licht, Stimmen waren keine mehr zu hören. Ohne gesehen zu werden, schlichen sie zur Treppe und in den ersten Stock, wo Edgar sie ungeduldig erwartete.

Edgar liebkoste den Karton, als würde es sich um seine Verlobte selbst handeln. Doch im nächsten Moment verschwand das Glück aus seinem Gesicht: «Ich muss sie verstecken, sonst nehmen sie sie mir wieder weg!»

«Ich glaube nicht, dass die Oberärztin das Verschwinden der Schachtel so bald bemerkt. Sie stand sehr weit hinten auf dem Schrank – und die Oberärztin ist klein», erläuterte Wilhelm.

«Und was ist mit dem Schlüssel?», fragte Bruno besorgt.

Wilhelm öffnete kurz die Faust. «Bringen wir bei Gelegenheit zurück.»

Bruno holte Luft, um weitere Fragen zu stellen. Da näherten sich Schritte. Die Jungen schwiegen und sahen sich an. Gerade noch rechtzeitig konnte Edgar die Schachtel unter der Bettdecke verschwinden lassen. Er legte die Beine darüber und hockte sie so an, dass weder die Schwester noch sonst irgendjemand Verdacht schöpfte.

Milo trat ein – mit dunklen Rändern unter den Augen. Auch der Bereich um die Lippen war verschattet. Schwester Angelika stützte ihn, er war wackelig auf den Beinen. Angelika brachte ihn an sein Bett. Zitternd setzte sich Milo darauf, schwenkte die Beine nach oben, zog die Decke darüber.

«Sein Darm sollte nun so leer sein wie die Höhle des Lips Tullian», stellte Schwester Angelika fest. Sie schickte einen strengen Blick in die Runde. Schweigen. Dass alle Jungen wach waren, ließ sie ohne Erwähnung. Hatte sie einen Verdacht geschöpft?

Als Schwester Angelika die Tür hinter sich geschlossen hatte, bestürmten sie Milo mit Fragen.

Der winkte ab. «Ich weiß jetzt, was ein Klistier ist.»

Erwartungsvoll schwiegen die übrigen drei.

«Ein Klistier ist eine Spritze mit lauwarmem Wasser. Es

sorgt dafür, dass du aufs Klo rennst, bis dir die Knie wackeln.»

Erleichtert lachten die Jungen. «Hattest du Schmerzen?», fragte Bruno.

«Das nicht. Aber ich sage euch: Ich habe alles, was in mir war, rausgeschissen.»

Die Jungen lagen noch lange wach, ein jeder hing seinen Gedanken nach. Wilhelm gingen die Engel nicht aus dem Kopf.

Er drehte sich zur Zimmermitte hin, stützte den Ellenbogen ins Kissen und den Kopf auf seine Hand, dann flüsterte er zu Bruno hinüber. «Bist du noch wach?»

Bruno richtete sich auf. «Ja.»

«Was weißt du über diese Engel?»

«Sie haben Flügel und wohnen im Himmel. Sagt man. Aber es gibt sie nicht. Wieso?»

«Als ich meine Mutter gefragt habe, was passiert, wenn ich sterben muss», Wilhelm machte eine Pause, seine Kehle war plötzlich trocken.

«Dann …?», fragte Milo. Auch er lag noch wach.

«Dann würde ein Engel aus mir werden.»

«Mit diesen roten Pausbacken?» Bruno prustete. «Und so kleinen Stummelflügeln? Damit kommst du nie bis in den Himmel.»

«Was will man auch da?», mischte sich Edgar ein. «Das ist Aberglauben. Wenn man tot ist, ist man tot, basta.»

«Meine Mutter denkt, dass man im Himmel irgendwie weiterlebt.»

«Neben Tauben und Möwen? Nein danke!», sagte Milo.

«Verdammt kalt da oben», sagte Edgar lakonisch. «Und die Flügel allein machen nicht warm. Besser wären Pelzmäntel.»

«Engel sind Musiker», sagte Bruno. «Ich habe schon oft welche mit Instrumenten gesehen. Flügel und Instrumente.»

«Fliegende Musikkapellen?», fragte Wilhelm.

«So ungefähr.»

«Ich habe keine Ahnung, warum meine Mutter glaubt, dass ich so etwas werden könnte.»

«Frag sie doch einfach», sagte Milo.

«Scht!», machte Edgar da scharf.

Sofort schwiegen die Jungs. Tatsächlich. Da waren Schritte zu hören: die Nachtschwester auf ihrem Rundgang.

Als die Schritte verklungen waren, sagte Bruno: «Mist!»

«Was?», fragte Wilhelm.

Doch als Bruno aus dem Bett stieg und das Laken abzuziehen begann, wussten alle, was passiert war.

Der Platz neben Schwesternschülerin Ilona war inzwischen für Wilhelm reserviert. Niemand machte ihn streitig. An diesem Morgen auf der Luftbadeterrasse starrte Wilhelm in die grauen Wolken, die übers Gebirge zogen. Rüttelnd fuhren sie zwischen die Baumwipfel und stürzten in das Gottleubatal, um es endlich mit gleißendem Winterweiß zu überziehen.

Ilona studierte eine Patientenakte.

«Welches Buch hast du heute dabei?», fragte er.

«Keines.» Ilona ließ die Akte sinken, sodass Wilhelm einen Blick auf die Blätter werfen konnte. Es war tatsächlich nur eine Akte und keine Tarnung.

«Schade. Ich wollte mit dir über die *Rote Zora* reden», sagte Wilhelm.

«Hast du sie denn gelesen?»

«Von vorn bis hinten!»

«Ich habe das Buch dabei.»

«Wie das?»

Ilona tippte sich an die Stirn. «Ich kenne es in- und auswendig.»

«Wirklich?»

«Frag mich was!»

«Wobei hilft die Zora-Bande dem alten Goran?»

Ilona grinste breit. «Das ist doch leicht: beim Thunfischfang.»

Wilhelm nickte.

«Frag mich etwas Schweres!», forderte sie.

Wilhelm sah zu den anderen Jungen, die neben ihm lagen. Keiner konnte ihm aushelfen. Und Bruno, der es sicher gekonnt hätte, lag zu weit entfernt. Wilhelm dachte nach: «Was kauft sich Zora vom Lohn für ihre Hilfe?»

«Ein Kleid, einen Hut und ...», Ilona zögerte.

«... Spitzenhandschuhe», ergänzte Wilhelm.

«Hey, du hast es wirklich gelesen!»

Wilhelm nickte.

«Gefällt dir das Buch?»

«Sehr.»

«Welche der Figuren gefällt dir besonders?»

«Zora natürlich.»

«Warum?»

«Weil sie ein Mädchen ist», antwortete Wilhelm ehrlich.

Ilona verdrehte die Augen.

«Lass mich erklären!»

Mit großzügiger Geste gewährte ihm Ilona die Bitte.

«Weil sie ein Mädchen ist, das sich wie ein Junge verhält.»

Ilona zog die Augenbrauen hoch. «Solche Mädchen magst du?»

Wilhelm wurde rot. Schweigend atmeten sie weiße Wolken in die Winterluft.

«Ich wollte dich etwas fragen», sagte Wilhelm. «Möchtest

du Mitglied unserer Bande werden?» Schon im nächsten Moment wusste er, dass die Frage eine Dummheit war. Doch nun war es zu spät.

Zum Glück lachte die Schwesternschülerin. «Eure Bande?» Ilona stieß Luft zwischen den Zähnen hervor. «Wie stellst du dir das vor? Soll ich meine Arbeit liegen lassen?»

«Du könntest tagsüber deine Arbeit tun und nachts mit uns auf Streifzüge gehen.»

«Ihr streift nachts umher?»

Empörung lag in ihrer Nachfrage. Wilhelm getraute sich nicht mehr, es zu bestätigen. Die umliegenden Jungs schwiegen, kaum jemand atmete.

«Wo?», fragte die Schwesternschülerin.

Wilhelm machte eine unbestimmte Geste, die niemand bemerkte, weil seine Hände in die Decke verschnürt waren. Er sah, wie die anderen die Ohren gespitzt hatten. Auch die, die nicht zur Bande gehörten.

«Wisst ihr nicht, wie gefährlich das ist? Einige Gebäude auf dem Gelände sind baufällig! Geht bloß nicht in die unterirdischen Gänge!»

Wilhelm horchte auf. «Es gibt unterirdische Gänge?»

Ilona wischte das Thema beiseite. «Seid nicht dumm!»

In diesem Moment trat die Schwester Oberin auf die Luftbadeterrasse. Sie tippte mit dem Zeigefinger auf ihre Armbanduhr.

Ilona sprang aus dem Stuhl. «Verzeihen Sie, Schwester Oberin, ich habe die Zeit vergessen.»

Und als wüsste sie schon, wer die Schuld daran trug, warf die Oberin Wilhelm einen vorwurfsvollen Blick zu.

Am Nachmittag gingen die Jungen zum ersten Mal ins Moorbad. Da es nicht genug Wannen gab, mussten sie sich zu zweit zusammentun. Milo und Wilhelm bildeten eine Gruppe. Das Kurmittelhaus war baufällig. Es roch nach feuchtem Putz und Schimmel. Die Wannen- und Umkleidegelegenheiten waren seit dem Krieg nicht verändert worden. Auf Holzschemeln entkleideten sich Milo und Wilhelm. Wilhelm warf Milo Seitenblicke zu. So dunkle Haut hatte er noch nie gesehen.

Wilhelm und Milo ließen den Schlamm durch ihre Finger tropfen. Die zähflüssige Masse war mit nichts zu vergleichen. Auch die Wärme, die sie umgab, war angenehm.

«Du bist ein guter Freund», sagte Milo zu Wilhelm.

«Du auch.»

«Und außerdem eine Memme.» Milo grinste.

Anstatt zu antworten, griff Wilhelm eine Handvoll Schlamm und warf sie nach Milo. Der landete direkt im Gesicht. Das konnte Milo nicht dulden. Er bewaffnete sich, lud den Handteller so voll es ging und warf eine Ladung nach Wilhelm. Milo traf die Wanne, Schlamm spritzte überallhin. Am Ende der nun folgenden Schlacht war die Kammer beinahe vollständig mit Schlamm bedeckt, während die Wannen fast leer waren. Zornentbrannt stürmte die Schwester den Raum, ergriff beide an den Ohren, zog sie aus ihren Wannen und zerrte sie in den Nebenraum.

Der war vollständig gekachelt. Die Schwester stieß die Jungen in die Mitte des Raumes, dann nahm sie einen Schlauch und drehte das Wasser auf. Den harten Strahl richtete sie sofort auf die Körper der Jungen. Wilhelm wich ihr geschickt aus, da nahm sie Milo unter Beschuss. Sie drehte den Hahn weiter auf, um den Druck zu erhöhen. Milo schrie auf vor Schmerz.

Entsetzt sah Wilhelm, wie er im Versuch, dem Strahl auszuweichen, ausglitt. Er wand sich auf den glitschigen Kacheln.

Wilhelm hatte das Gefühl, die Schwester zielte absichtlich auf Milos Nieren. Milo schrie nicht mehr, aber an seinem Gesicht sah Wilhelm, dass er Schmerzen hatte. «He!», schrie Wilhelm die Schwester an. Und noch einmal: «He!»

Da erst drehte sie den Wasserhahn ab, ließ den Schlauch fallen, rannte zu Milo und fragte besorgt: Hast du dir etwas getan?»

Mit zusammengebissenen Zähnen schüttelte Milo den Kopf.

Sie rubbelten sich mit rauen Handtüchern ab, bis sie trocken waren. Dann zogen sie sich schweigend an und machten sich – mit nassen Haaren, aber das störte sie trotz der Minusgrade nicht – auf den Weg zum Haus 13. «Was weißt du über deinen Vater?», fragte Wilhelm Milo.

«Außer dass er aus Mosambik kam – nicht viel. Mutter spricht nicht gern über ihn. Er war der Grund, warum sie sie eingesperrt haben.»

Das kannte er. «Meine spricht auch nicht über ihn. Nicht ein Wort.»

«Du kennst deinen Vater auch nicht?»

Wilhelm schüttelte den Kopf.

Milo schob erstaunt die Unterlippe vor. «Hätte nicht gedacht, dass es diesen Fall noch ein zweites Mal auf der Welt gibt.»

«Das heißt, du lebst mit deiner Mutter allein?»

Milo nickte.

«Wir leben beim Großvater», gab Wilhelm ungefragt Auskunft.

«Aha.»

«Das macht's nicht besser. Er ist ein grausamer alter Mann …»

Milo blieb stehen und sah Wilhelm in die Augen. «Du sorgst dich um deine Mutter?»

Wilhelm hatte Tränen in den Augen.

Milo wandte sich ab.

«Ich habe sie noch nie so lange allein gelassen», flüsterte Wilhelm.

«Da kann ich verstehen, dass du dich sorgst …»

«Ich würde so gern mit ihr sprechen.»

«Du meinst telefonieren?»

Wilhelm nickte.

«Warum tust du es dann nicht?»

«Du glaubst, das geht?»

«Ja klar.»

«Wo denn?»

«Das wirst du sehen.»

«Jedenfalls nicht bei der Oberärztin, die hab ich schon gefragt.»

Milo zuckte mit den Schultern. «Ich denke, es geht.»

Die Jungen durften den Waschsaal am Morgen nur in Hosen betreten, damit ihre Pyjamahemden nicht nass wurden. Wilhelm stand vor dem Spiegel und musterte seinen Oberkörper. Davon, dass er seit einer Woche trainierte, war nicht viel zu sehen. Seine Schultern erschienen ihm etwas breiter, aber die Oberarme waren immer noch so hühnerknochig wie vor seinem Entschluss.

«Na?», zog Bruno ihn auf. «Muskulös genug?»

Wilhelm widmete sich seiner Zahnbürste und drückte Paste darauf. «Ach, lass mich doch in Ruhe.»

«Milo? Bruno?»

Einen bangen Moment lang schwebte Wilhelms Stimme

wie ein Gedanke im nachtschwarzen Zimmer. Wilhelm hielt den Atem an.

Da antwortete Milo. «Wilhelm?» Auch von Brunos Matratze kamen Geräusche.

«Die Uhr am Turm hat zwölf geschlagen! Zeit für ein Abenteuer der Roten-Zora-Bande!»

Sofort stiegen die Jungen aus ihren Betten und streiften sich Pullover über.

«Wer hat Nachtdienst?», fragte Bruno.

«Schwester Angelika, die ganze Woche.» Mittlerweile kannten sie die Klinikabläufe. «Normalerweise bewegt sie sich nicht aus ihrem Zimmer.»

Leise schlossen sie die Tür und schlichen den Gang entlang. Die Treppe hinunter, einen Absatz, zwei Absätze. Die Abschnitte der Treppe, wo die Dielen knarrten, kannten sie auswendig. Auf Zehenspitzen umkreisten sie die gefährlichen Stellen. Aus dem Zimmer der Nachtwache fiel ein schmaler Lichtstreifen. Er zog sich, schwächer werdend, über den Flur. Wenn sie die Haustür erreichen wollten, mussten sie durch diesen Todesstreifen. Im Gänsemarsch gelangten sie bis an den Rand des Strahls. Wilhelm huschte als Erster hindurch. Die Jungen – auf unterschiedlichen Seiten der Lichtbarriere – hielten den Atem an. Keine Regung aus dem Büro, nicht ein Geräusch. Dann war Bruno an der Reihe. Auch er überwand das Licht.

Aus dem Büro war Stühleschaben zu hören. Trat Schwester Angelika auf den Gang hinaus, um nachzuschauen? Es folgte das Knarren von Polsterfedern. Schwester Angelika hatte sich offenbar wieder gesetzt. Wilhelm und Milo grinsten einander an: weiter zur Tür. Milo erreichte sie als Erster und drückte die Klinke: verschlossen. Entsetzen in ihren Blicken. Wilhelm versuchte es erneut. Jedes Geräusch vermeidend, rüttelte er an der Klinke. Die Tür bewegte sich keinen Millimeter. Sie war verschlossen!

Wieder Stühleschaben aus dem Schwesternzimmer. Die Garderobe war gleich nebenan – ein gutes Versteck! Also huschten die Jungs hinein. Fein säuberlich hingen dort die Jacken an ihren Haken. Milo, Bruno und Wilhelm trugen ihre dicksten Wollpullover, mehrere übereinander. Damit ihr Verschwinden nicht auffiel, ließen sie ihre Jacken an den Haken hängen.

«Und jetzt?», fragte Milo.

Wilhelm dachte nach. Von der Garderobe führte ein Fenster hinaus auf die Straße. In den Patientenzimmern waren sie allesamt mit Schlössern versehen und konnten ohne Hilfe der Schwestern nicht geöffnet werden. Doch an diesem Fenstergriff konnte Wilhelm kein Schloss entdecken. Wie beiläufig ließ er die Hand auf den Drehknauf sinken und drehte. Mit einem leisen Knacken sprang das Fenster auf. Der zweite Innenflügel ebenso. Auch mit den Außenflügeln hatten sie Glück. Kälte schlug ihnen entgegen. Und ehe Milo vor Überraschung durchatmen konnte, war Wilhelm schon hinaus und – die Hände am Mittelsteg – auf der anderen Seite hinuntergerutscht.

Von außen bot er Milo Hilfe an. Rasch war auch er auf der Fensterbank. Als er sich drüben auf der anderen Seite wieder aufrichtete, hatte Wilhelm schon die Fenster geschlossen. Schließlich landete Bruno neben ihnen. Sie lachten, juchzten beinahe, doch nun war endgültig Vorsicht geboten.

«Und wohin jetzt?», fragte Wilhelm.

Milo setzte sich an die Spitze der Gruppe. «Folgt mir!»

Sie taten etwas unglaublich Verbotenes: Sie verließen ohne Genehmigung das Klinikgelände.

Der Weg in die Stadt führte durch den Wald. Der Vollmond war hinter einer Wolke verborgen. Das Licht reichte gerade aus, schreckenerregende Baumstümpfe und Astformationen zu beleuchten. Den dreien wurde unwohl angesichts ihrer eigenen Courage.

Als sie den Zaun erreichten, hielt Bruno inne. «Hier endet das Klinikgelände. Wenn wir weitergehen, brechen wir eine der wichtigsten Hausregeln.»

Milo drehte sich zu ihm um. «Du wirst tot sein, mein Freund. Wie wichtig sind dir diese Regeln, wenn es um ein Abenteuer geht?»

Bruno tat einen Schritt und überwand schweigend die Grenze.

«Hast du Münzen dabei?», fragte Milo Wilhelm.

«Natürlich!», antwortete der. Seit zwei Wochen sammelte er Kleingeld. Er konnte es nicht erwarten! Heute Nacht würde er seinen wichtigsten Plan verwirklichen.

Als sie über den Fluss hinweg waren und in die Straßen der Stadt bogen, fühlten sie sich sicherer. In den Fensterhöhlen war alles dunkel. Kein Mensch schien zu dieser Zeit wach zu sein – allein die Bande der Roten Zora war wach und ausgeschlafen! Mit jedem Schritt fassten sie mehr Mut. Milo spitzte die Lippen und pfiff ein Lied. Sogleich wurde er von den beiden anderen zischend ermahnt.

«Wie weit ist es noch?», fragte Wilhelm.

«Sind fast da», gab Milo Auskunft.

Sie erreichten die Telefonzelle – die einzige der Stadt. Milo hatte sie beim letzten Spaziergang entdeckt. Die Tür quietschte beim Öffnen, doch die Jungen machten sich nichts daraus. Die Nacht war voller Geräusche, der Wald war nah im Gottleubatal. Ein Geräusch mehr würde hier niemanden aus dem Schlaf reißen.

Zu dritt zwängten sie sich hinein. «Hey, pass doch auf!» Bruno stand auf Milos Fuß. Wilhelm versuchte sich umzudrehen, um die Münze aus der Hosentasche zu bekommen. «Könnt ihr nicht mal Platz machen?»

Milo presste Bruno gegen die Scheibe, damit er endlich seinen Fuß befreien konnte. «Es ist zu eng.»

«Ach, wirklich?»

«Eine Telefonzelle ist kein Ballsaal», sagte Bruno.

«Einer muss raus», quetschte Milo hervor.

«Ich krieg keine Luft mehr», flehte Bruno.

«Öffnet die Tür!»

«Geht nicht!»

«Ich krieg keine Luft mehr!»

«Schiebt!»

Endlich öffnete sich die Tür einen Spalt weit, und Bruno purzelte nach draußen. Er rappelte sich wieder auf und gestikulierte «Alles in Ordnung» durch die Fensterscheibe. Endlich hatte Wilhelm einen Arm frei. Er hob den Hörer von der Gabel und horchte in die Muschel. Das Freizeichen! Wilhelm juchzte innerlich auf. Die Wählscheibe saß oben auf einem grauen Block. Wilhelm klaubte eine Zwanzig-Pfennig-Münze aus seiner Hosentasche und ließ sie in den Schlitz des Apparats fallen. Stille im Hörer. Wilhelm wusste, der Apparat erwartete von ihm, dass er wählte. Von draußen machte Bruno aufmunternde Klopfzeichen.

«Was ist?», fragte Milo, «warum zögerst du?»

«Ich weiß die Nummer nicht.»

«Das ist nicht wahr, oder?»

Die Tränen standen Wilhelm in den Augen, als er Milo gestand: «Wir haben keinen Telefonapparat zu Hause. Und ich kenne die Nummer des öffentlichen Fernmelders nicht, von dem meine Mutter sonst telefoniert.»

«Alles umsonst.» Milo verdrehte die Augen.

Wilhelm war selbst am zerknirschtesten, dass er so wenig Erfahrung mit dem Telefonieren besaß. Dass ihm die einfachsten Dinge unbekannt waren. «Wie wär's mit der Auskunft?», fragte er.

«Selbst wenn wir die Nummer wüssten, woher sollte deine Mutter wissen, dass wir sie anzurufen versuchen?»

Wilhelms Lippen wurden schmal. «Stimmt.»

«Außerdem erregt unser Anruf Verdacht. Die Polizei wäre, einmal alarmiert, im Handumdrehen hier.»

Wilhelm hob den Kopf und sah Milo in die Augen. «Was machen wir jetzt, Genosse General?»

Milo gähnte. «Nach Hause gehen?»

Wilhelm zuckte mit den Schultern. Dann hellte sich seine Miene auf. «Der Frisör im Haus hat Telefon! Seinen Namen kenne ich!»

«Und du denkst, der wird jetzt irgendjemandem die Haare schneiden? Um ein Uhr in der Nacht?»

Wilhelm schwieg.

«Das nächste Mal müssen wir deine Mutter vorwarnen», schloss Milo.

Mit dem Ärmel seines Strickpullovers wischte sich Wilhelm eine Träne von der Wange. Dann hob er den Kopf. «Dennoch: Das Abenteuer der Roten-Zora-Bande war ein Erfolg! Wir haben bewiesen, dass man aus der Klinik ausbrechen kann.»

Milo pflichtete ihm bei. «Jetzt müssen wir nur noch beweisen, dass man *ungestraft* aus der Klinik ausbrechen kann.»

Zu zweit schoben sie gegen die Tür. Schwergängig schwenkte sie auf und spie die Jungen auf die Straße. Bruno empfing sie lachend: «Ihr seid ja zwei Spezialisten!» Er hatte beobachtet, was geschehen war.

Wilhelm war immer noch zerknirscht. Doch als ihnen die Winterluft um die Nasen wehte, begannen sie zu laufen und zu lachen. Sie liefen und lachten immer lauter und schneller, und als sie über den Fluss waren, fiel Bruno zurück. Auf den ersten Metern des Hanges gewann Wilhelm großen Abstand. Bald spürte er den Freund nicht mehr in seinem Rücken. Auch Milo schien nichts zu bemerken. Und als Wilhelm haltmachte und sich zum ersten Mal umdrehte, lag Bruno am Boden und streckte alle viere von sich.

Innerhalb von Sekundenbruchteilen waren Milo und Wilhelm bei ihm. Brunos Augen quollen aus den Höhlen, seinem Mund entrang sich ein Röcheln. Er atmete kurz und schnappend, als ginge ihm die Luft aus. Just in diesem Moment kam der Vollmond hinter einer Wolke hervor, und Milo zischte entsetzt: «Wilhelm, schau, die Lippen!»

Wilhelm sah das Delta des Todes über Brunos blaue Lippen gespannt: In Wilhelms Armen begann Bruno zu zittern.

«Er stirbt!», schrie Milo.

«Bruno!», schrie Wilhelm. Er packte den Freund an beiden Schultern und wollte ihn vom Boden zerren. Seine Augenlider waren Schlitze.

«Lasst mich liegen!», brachte Bruno mühsam über die blauen Lippen.

«Unfug! Ich bleibe bei dir, notfalls erfriere ich mit dir!»

«Ich hole Hilfe», sagte Milo.

«Willst du, dass wir auffliegen?», ächzte Bruno.

Milo schwieg.

«Schaut auf meinen Rücken!», verlangte Bruno.

«Was?»

«Schaut auf meinen Rücken: Seht ihr was?»

«Was denn?»

«Wachsen mir Flügel?»

Wilhelm drehte Brunos Körper auf die Seite. Brunos Rücken sah aus wie immer.

«Nichts zu sehen.»

«Na, dann werde ich wohl kein Engel werden», sagte Bruno erleichtert. «Ein paar Minuten, dann komme ich wieder zu Kräften.»

«Wenn du meinst.»

«Legt mich flach auf den Boden! Wenn ich das Bewusstsein verliere, gebt mir Ohrfeigen!»

«Niemals!»

«Bitte!», beschwor er sie.

Behutsam ließ Wilhelm den Freund wieder auf den Boden sinken. Er zog seinen Pulli aus, knüllte ihn zusammen und stopfte ihn unter Brunos Kopf. Obwohl Wilhelm noch einen zweiten darunter trug, fror er erbärmlich. Konzentriert beobachtete er die Augen des Freundes. Die Lider flatterten, aber das Bewusstsein verlor er nicht. Ein Glück!, dachte Wilhelm, so muss ich ihn nicht schlagen. Bruno atmete tief und gleichmäßig, ein und aus. Ein und aus. Allein das regelmäßige Atemgeräusch beruhigte Wilhelm.

Einige Minuten später konnte sich Bruno wieder erheben. Mit den Bewegungen eines alten Mannes ging er zuerst auf die Knie, dann drückte er den Rücken durch und stand aufrecht. Fasziniert und entsetzt gleichermaßen hatte Wilhelm ihm dabei zugesehen. Nun legte er einen Arm um Wilhelms Schultern, den anderen um Milos. Wärme ging von Bruno aus. Wilhelm fror gotterbärmlich.

So einander wärmend und stützend, nahmen sie den Hang in Angriff. Bruno keuchte, Wilhelms Zähne schlugen aufeinander, nur Milo stieg geräuschlos. Am Haus der blauen

Kinder angekommen, halfen Wilhelm und Milo Bruno durchs Fenster. Wilhelm zog von vorn, Milo schob von hinten. Sie stellten sich so ungeschickt an, dass Bruno auf den Boden der Garderobe krachte. Vorsichtig lugten sie über den Flur, ob man sie gehört hatte. Der Lichtstrahl fiel aus dem Schwesternzimmer, doch so sehr sie sich auch die Augen ausguckten, die Schwester war nicht mehr dort.

«Die Nachtschwester scheint im Haus unterwegs zu sein», sagte Wilhelm.

«Wunderbar», bemerkte Bruno. «Dann lass uns schnell vorbeihuschen.»

«Aber sie kann überall sein!», sagte Wilhelm.

Brunos Miene versteinerte. Das blaue Delta über der Lippe war verschwunden. «Du hast recht!», sagte er.

Mit zitternden Knien durchquerten Bruno und Wilhelm den Lichtstrahl. Wie erwartet, reagierte niemand. Das Schwesternzimmer war verwaist. Sie beeilten sich auf der langen Treppe. Wenn sie ihnen hier entgegenkäme, wären sie entdeckt, ein Ausweichen war unmöglich.

Sie erreichten den obersten Treppenabsatz und lugten über den Flur. Alles schien ruhig, doch dann streckte Wilhelm den Arm aus und machte Bruno auf etwas aufmerksam: Die Tür des mittleren Zimmers stand offen. Licht fiel keines heraus, aber ihnen war, als hörten sie Tuscheln.

Vorsichtig schlichen sie näher, die verräterischen Stellen auf den Dielen umkreisend. Aus der Nähe war das Geflüster deutlich: Schwester Angelika hielt sich in diesem Zimmer auf. Offenbar war eines der jüngeren Kinder erwacht.

Wilhelm ergriff Brunos Hand und zog ihn weiter. Als sie die Öffnung querten, schloss Wilhelm die Augen. Sein Herz raste, jeden Moment rechnete er mit ihrer Entdeckung. Doch es blieb still.

Im Zimmer angekommen, lachten die drei Jungen und fielen sich in die Arme. So schnell sie konnten und vollständig angezogen schlüpften sie in ihre Betten. Und in der Tat wurde kurze Zeit später die Zimmertür geöffnet. Noch einmal hielten die Jungs den Atem an. Für die Dauer eines prüfenden Blicks durch die Nachtschwester stand die Tür offen. Dann schloss sie sich wieder.

Am nächsten Morgen lag Schnee. Die Jungs drückten sich am Fenster die Nasen platt. Eisblumen wuchsen von den Rändern ausgehend übers Glas. Draußen, so viel konnte man selbst durch die zu Milchglas erblindeten Scheiben erkennen, war alles weiß. Wilhelm legte die Kuppe seines Zeigefingers darauf, zog sie langsam übers Glas und schmolz eine Spur ins Eis. Die Gebäude der Klinik hatten sich vollends in Eispaläste verwandelt.

«Das war's dann mit den Zora-Ausflügen», seufzte Milo.

«Warum?», fragte Wilhelm.

«Der Schnee würde uns verraten. Jeder Fußstapfen wird uns verraten.»

«Hm», Wilhelm dachte nach. «Vielleicht müssen wir unsere Ausflüge dorthin machen, wo sie kein Aufsehen erregen.»

«Wie meinst du das?», fragte Milo.

«Wirste schon sehen.» Dabei hatte er noch keine Idee, nicht die geringste.

«Bist du diesmal mit von der Partie?», fragte Bruno Edgar.

Edgar schüttelte den Kopf. «Spinnst du? Ich will nicht noch mehr Ärger!»

Lange sah Wilhelm ihm ins Gesicht. Dann wandte er sich ab, drehte sich zur Wand.

Es läutete, die Luftbadestunde war vorüber. So lange die Prozedur des Einwickelns dauerte, so rasch waren die Jungen wieder aus den Decken heraus. Wie Fische im Netz wanden und streckten sie sich, weiteten durch ruckartige Dehnbewegungen die Decken, bis sie sich aus ihren Wurstpellen befreit hatten. «Wusstest du eigentlich», sprach Ilona Wilhelm im Vorbeigehen an, «dass die Frau, die *Die Schwarzen Brüder*, und der Mann, der *Die Rote Zora* geschrieben hat, ein Ehepaar waren?»

Wilhelm musste einen Moment lang nachdenken. Und kam zu keinem Ergebnis. «Was willst du damit sagen?»

«Nichts. Nur dass sie beide Bücher liebten.»

«Ich liebe keine Bücher.»

«So. Warum liest du dann?»

«Dir zuliebe.» Wilhelm hatte den Kopf gehoben und Ilona in die Augen geschaut. War sie rot geworden? Hatten ihre Lider gezittert? Wilhelm war sich nicht sicher.

Auf dem Weg in ihre Zimmer wollten alle Jungen in Wilhelms Nähe sein. Der wunderte sich über das Gedränge um ihn herum. Erst als Bruno ihn ansprach, konnte er sich den Grund erklären: «Stimmt es», fragte Bruno, «dass Schwester Ilona dir einen Kuss geben wollte?»

Wilhelm verbarg seine Überraschung und setzte eine hochnäsige Miene auf. «Na und?»

«Du hast abgelehnt?», in Milos Frage lag mehr Staunen als Bewunderung. «Wieso zum Teufel?»

Wilhelm kostete die Spannung der Stille aus. Dann sagte er: «Sie wird mich wieder fragen. Ich habe keine Eile.»

«Und wenn du vorher stirbst?» Offen sah Bruno ihm in die Augen. Angst lag im Blick. Da schwieg Wilhelm und dachte, dass es vielleicht doch besser wäre, sich zu beeilen.

Die Weihnachtstage rückten heran. Überall im weitläufigen Park waren Gärtner unterwegs. Beinahe jedes Gebäude – selbst die Wäscherei – wurde mit Lichterketten behangen. Pyramiden, Engel mit und ohne Instrumente, Sterne, sogar der riesige Park der Kurklinik, der sich im Ungewissen des Hangs weit oben im Wald verlor, wurde mit Christbaumkugeln und Strohsternen geschmückt. Im Glockenturm, der wie von einem Thron aus auf der Anhöhe das Parkgelände beherrschte, leuchtete ein riesiger Herrnhuter Stern. Im Eingang von Haus 13 wurde eine Pyramide mit vier Kerzen aufgestellt – und ein Weihnachtsbaum auf dem Treppenabsatz. Die Jungen schnitten Buntpapiersterne aus und beklebten die Fenster damit. Und mit jedem Tag schmerzte Wilhelms Herz mehr: Er hatte Sehnsucht nach der Mutter.

Die nächtlichen Ausflüge waren beinahe schon Routine geworden. Sie kannten die Zeiten, da Nachtschwester Angelika ihre Rundgänge machte; sie kannten einen Trick, die Fensterflügel so anzuheben, dass sie beim Öffnen nicht quietschten. Vom Hausmeister hatten sie sich Taschenlampen geborgt, die Klinik kannten sie mittlerweile so gut wie ihre Westentaschen. Nicht nur das Haus 13 und die angrenzenden Gebäude. Einige Häuser standen leer – offenbar schon eine Weile, denn die Betten und Schränke, die die Jungs darin fanden, sahen selbst im Licht der Taschenlampen alt und verstaubt aus. Sie arbeiteten sich vom Dachboden bis hinunter ins Erdgeschoss. Nur wenige Gebäude besaßen Keller, die Klinik war in einen felsigen Hang gebaut. Und immer, wenn sie einen entdeckten, war der Jubel groß.

Eines Tages entdeckten sie im Keller eines leer stehenden Wirtschaftsgebäudes ein Holzregal. Bruno ließ den Kegel seiner Taschenlampe an den Regalmetern entlanggleiten: Hunderte von Gläsern ungewissen Inhalts. Tausende eiförmige Körper schwimmend in einer trüben Flüssigkeit. Doch als Wilhelm die dicke Staubschicht vom Glas rieb, sah er plötzlich klar. Und die Eier erwiesen sich als – Früchte.

«Das sind Einweckgläser!», rief er aus. Wilhelm untersuchte den Dichtungsgummi. So etwas kannte er von der Mutter, sie kochte ein, was der kleine Garten in der Sparte des Großvaters hergab.

«Du kennst dich aus mit Eingewecktem?», fragte Milo.

«Meine Mutter kocht jeden Herbst Obst ein», erklärte Wilhelm. Wie ein Kenner drehte er den Fund in den Händen und zog an der Gummilasche. Mit einem Zischen drang Luft ins Glas. Und betörender Geruch strömte heraus. Vorsichtig klappte Wilhelm den Glasdeckel auf und schnupperte am Inhalt.

«Was ist es?», drängelte Bruno.

«Es duftet nach Zimt.» Er steckte den Finger in die Flüssigkeit und leckte daran. Dann rief er aus: «Zwetschgen!»

«Zwetschgen!», wiederholten Bruno und Milo, und jeder zog ein eigenes Glas aus den Regalen.

«Köstlich!» Mit bloßen Fingern angelte Milo erste Früchte heraus.

«Hier sind eingeweckte Birnen!»

«Zeig her! Lass kosten!»

Ihre Finger troffen vom süßen Saft. Nach den Zwetschgen und Birnen entdeckten sie noch Mirabellen und Stachelbeeren. Sie schlugen sich die Bäuche voll, bis Wilhelm merkte, wie Milo neben ihm nach Luft schnappte. Zuerst meinte er, der Freund wolle ihn foppen. Doch als Milo aufsprang und in Höllentempo die Treppe hinaufeilte und aus dem Gebäude huschte, bemerkte Wilhelm, dass es ernst war. Denn auch in seinem eigenen Magen begann es zu grummeln …

In wilder Jagd stürzten sie die Treppenstufen hinauf. Im Schutz der Bäume entleerten sich die Jungen. Doch damit waren die Magenkrämpfe nicht zu Ende. Sie ließen den Keller, wie sie ihn gefunden hatten, und kehrten mit schmerzenden Bäuchen zurück ins Haus der blauen Kinder. Auf dem Weg erklärte Milo mit vom Krampf verzerrter Miene: «Da habt ihr's: Genau so wirkt ein *Klistier*!»

Am nächsten Morgen konnten sie immer noch nicht aufstehen. Die Bäuche schmerzten, wie sie die ganze Nacht seit dem Abenteuer geschmerzt hatten. Edgar benachrichtigte die Schwester Oberin, die schickte alle drei stehenden Fußes ins Krankenlager. Jedes Programm war gestrichen, nicht einmal an der Luftbadestunde durften sie teilnehmen. Gegen Mittag, die Jungen knabberten immer noch an trockenem Zwieback, erschien Schwester Ilona. Unter dem Arm trug sie ein Buch. Feierlich überreichte sie es Wilhelm. *Die Schwarzen Brüder* von Lisa Tetzner. Mit einem breiten Grinsen zog Wilhelm sein Exemplar aus dem Nachttisch. «Das hab ich von Bruno. Ich bin schon auf der Hälfte.»

Ilona wollte ihr Exemplar wegstecken. Da sagte Wilhelm: «Aber bitte, lass es mir!»

«Wieso? Brauchst du zwei Bücher?»

Wilhelm schüttelte den Kopf: «Viel lieber würde ich die Geschichte in deinem lesen.»

Mit einem Lächeln reichte Ilona Wilhelm ihren Band. Der harte Buchdeckel war mit Bildern verziert. Die Dächer einer Stadt, und unendlich viele Schornsteine! Schweigend setzte sich Ilona zu Wilhelm aufs Bett. Der verschraubte seine Beine, um sie nicht versehentlich zu berühren. Und nahm den Muskelkrampf in Kauf.

«Die Oberärztin schickt mich», begann sie und wurde rot.

«Sie glaubt, ihr wisst schon selbst, woher die Bauchschmerzen rühren.»

Die Jungen sahen einander an. Wilhelm grinste breit. «Das glaube ich nicht.»

Ilona schaute mit leerem Blick hinunter auf Wilhelms Matratze. Plötzlich atmete sie tief ein. Und mit einem unterdrückten Schrei wieder aus. Ihr schmaler Körper wurde von einem Weinkrampf geschüttelt. Die Jungen schwiegen, und Wilhelm war wie erstarrt. Seine Hand näherte sich ihrer Schulter, und Wilhelm legte sie sachte darauf. Sie ließ es geschehen. Allmählich beruhigte sich die Schwesternschülerin wieder. Die tollkühne Jungsbande schwieg betreten und wagte nicht, auch nur eine Frage zu stellen.

Gebannt sahen sie zu, wie Ilona ein Taschentuch aus einer im Schwesternornat verborgenen Tasche zog und sich schnäuzte. Dann gab Ilona ungefragt Auskunft, und die Jungen erkannten, was ihr die Tränen in die Augen getrieben hatte: «Die Schwester Oberin verlangt, dass ich herausbekomme, was ihr treibt.» Wieder sahen sich die Jungs an.

«Warum?», fragte Milo.

Ilona zuckte mit den Schultern.

«Und wenn du ihr einfach nichts verrätst?», schlug Wilhelm vor.

Immer noch standen ihr Tränen in den Augen. «Vielleicht schickt sie mich dann fort?»

Schwester Ilona schien wirklich verzweifelt. Gern hätte sich Wilhelm mit Bruno und Milo besprochen. Doch er wollte Ilona nicht ohne die Wahrheit hinausschicken. Also fällte er eine einsame Entscheidung, über alle Köpfe hinweg.

«Wir haben in einem der Keller eingewecktes Obst entdeckt und uns die Bäuche vollgeschlagen. Deshalb sind wir hier.»

Mit schreckensweiten Augen sahen ihn Bruno und Milo an. Sie verloren kein Wort, doch Wilhelm konnte es in ihren Blicken lesen: Das wird eine Strafe geben!

Wilhelm zuckte mit den Schultern.

«Sie wird uns schon nicht den Kopf abreißen», behauptete Wilhelm.

Doch keiner der Anwesenden wollte seine Hoffnung bestätigen.

Diesmal brachten sie ihn gleich zum Chefarzt. Der bat ihn herein und ließ ihn auf einem Stuhl in der Mitte des großen, hellen Zimmers Platz nehmen. Dann musterte er ihn sorgfältig, indem er ihn umkreiste.

«Soso, du bist also der erste Patient, der hier alle in den Wahnsinn treibt.»

Wilhelm hob den Kopf. «Bin ich das?»

Der Chefarzt legte ihm die Hand auf die Schulter. Wilhelm zuckte zusammen. «Du stiftest die Jungen in deinem Zimmer an, verbotene Dinge zu tun. Schon gibt es Nachahmer in anderen Häusern. Du bist klug genug, um zu wissen, dass ich das nicht dulden kann, nicht wahr?»

Wilhelm zuckte mit den Schultern. «Wenn ich schon sterben muss, möchte ich wenigstens Abenteuer erlebt haben.»

Der Chefarzt nahm die Hand von seiner Schulter und umkreiste ihn. Wie ein Adler am Himmel sah er auf ihn hinab. Dann blieb er stehen, verschränkte die Arme hinter seinem Rücken: «Wir entlassen dich, wenn es kein Ende hat mit diesen unerlaubten Ausflügen. Du bist dann ohne jede Hilfe, mein Junge. Niemand weiß, woran genau du erkrankt bist. Aber es ist ernst. Zwei Anfälle in vier Wochen, das ist bedenklich! Möchtest du das riskieren? Todkrank und ohne ärztliche Hilfe zu sein?»

Wilhelm suchte nach einer Antwort. «Manchmal muss man Dinge tun, die man tun muss. Die Zora-Bande fragt auch nicht um Erlaubnis.»

«Die Zora-Bande?», fragte der Chefarzt. Wilhelm erzählte ihm die Geschichte. Der Mann in Weiß dachte nach. Dann lächelte er.

«Wir sind hier nicht an der adriatischen Küste, und du bist kein rothaariges Mädchen. In diesem Haus gibt es Regeln und Vorschriften. Alle müssen sich daran halten – auch ich. Und wenn du meinst, du müsstest das nicht, wirst du uns verlassen, egal wie krank du bist. Habe ich mich klar ausgedrückt?»

Wilhelm nickte kleinlaut. Er wagte nicht, sich von seinem Stuhl zu erheben.

«Das war's», sagte der Chefarzt da. «Du kannst gehen.»

Als Wilhelm in sein Zimmer zurückkehrte, war er allein. Er wusste nicht, wohin, aber die Bande war ausgeflogen. Also zog er *Die Schwarzen Brüder* hervor und begann zu lesen. Er las und las, verpasste das Schlammbad am Nachmittag, ohne dass jemand nach ihm fragte, und hörte erst auf, als er die letzte Seite zugeschlagen hatte. Er ließ das Buch auf seine Oberschenkel sinken, schloss die Augen und spürte seinen Atem. Äußerlich war er vollkommen ruhig, obwohl das Buch einen Sturm in ihm auslöste. Er spürte den Schmerz in seinem Herzen: Da waren Kinder, denen Gewalt angetan wurde! Einige starben in diesem Buch: ertranken, stürzten zu Tode, vergifteten sich, ohne es zu wissen. Gewalt überall. Und Armut. Und Hoffnung.

Da wurde ihm plötzlich klar, dass er nicht allein war mit seinem Schicksal. Dass es schon immer Gewalt gegen Kinder gab, ausgeübt von Männern, von Frauen. Gegen Wehrlose.

Und dass es Kinder gab, die sich mit aller Kraft dagegen auflehnten. So wie Wilhelm.

Das Gespräch mit dem Chefarzt schien schon Ewigkeiten vergangen und bedeutungslos. Wilhelm fühlte sich im Recht, das zu tun, was er für richtig hielt. *Die Schwarzen Brüder* ermächtigten ihn, dem Unrecht entgegenzutreten.

«Bruno!»

Wilhelm hatte den Namen so laut geflüstert, dass auch Milo aufgewacht war. Binnen Kurzem waren die beiden aus dem Bett. Ihre Alltagskleidung hatten sie gar nicht erst ausgezogen. Sie gaben sich die Bandenfaust und huschten aus dem Zimmer. Edgar drehte sich zur Wand um und schlief ruhig weiter.

Es war schon Routine: Die Jungen hörten Schwester Angelika im Schwesternzimmer arbeiten. Ein Lichtkegel leckte über den Dielenboden und zog sich diagonal bis zur Eingangstür. Mit Fingerzeichen verständigten sich die Jungen: Wilhelm sollte der Erste sein, der den Flur vor dem Schwesternzimmer überquerte, dann Milo.

Wilhelm gab sich den Anschein größter Gelassenheit. Er zog seine Mütze in die Stirn, warf Milo und Bruno noch einen aufmunternden Blick zu, dann huschte er durch den Lichtkegel. Wohlbehalten kam er auf der anderen Seite an. Die beiden Jungen hielten den Atem an. Im Schwesternzimmer schien jemand innezuhalten. Kein Geräusch. Einen lähmenden Moment lang war alles still. Milo wollte schon losrennen, da schabte der Stuhl des Schwesternzimmers über den Boden. Kurz bevor Milo den Lichtkegel erreichte, hielt er inne und zog sich langsam, Schritt für Schritt, wieder ins Dunkel zurück. Schwester Angelika warf schon ihren Schatten in den Lichtkegel. Bruno und Milo konnten sich gerade noch im Treppenaufgang in Sicherheit bringen. Milo im Schatten des Fenstersimses, Bruno legte sich einfach quer auf eine Treppenstufe. Wilhelm hatte keine Chance. Er stand mit dem Rücken gegen die Wand gepresst, doch da gab es keinen Schatten, keine Nische, keine Kante: keine Chance auf ein Versteck.

«Ist da jemand?», fragte Schwester Angelika in das Dunkel hinein. Da entdeckte sie den Schemen vor der Wand.

«Wilhelm?»

Mit gesenktem Kopf trat Wilhelm vor.

«Mütze und Jacke?», fragte sie entsetzt, «du wolltest doch nicht etwa das Haus verlassen?»

Wilhelm schwieg. Er hielt den Kopf gesenkt. Schwester Angelika ergriff ihn am Kinn, hob seinen Kopf und suchte den Blick. «Du weißt, dass nachts absolute Bettruhe herrscht.»

Wilhelm war wie eingefroren.

Schwester Angelika seufzte. «Das muss ich der Schwester Oberin melden, so leid es mir tut!»

Mit einer trotzigen Bewegung entriss Wilhelm ihr sein Kinn. Doch er blieb stumm. Bedauernd schüttelte Schwester Angelika den Kopf. «Geh zurück in dein Bett!», sagte sie dann entschieden. Und Wilhelm hatte nichts Eiligeres zu tun, als ihrer Bitte zu entsprechen.

Als sie in ihrem Zimmer angelangt waren, sah Bruno Wilhelm fragend an. «Wolltest du wirklich in den Schnee hinaus?»

Wilhelm schüttelte den Kopf.

«Wohin wolltest du dann?»

«Den unterirdischen Gang suchen.»

«Welchen unterirdischen Gang?», fragte Bruno zurück.

«Von dem Schwester Ilona erzählt hat.»

Bruno seufzte, hob die Decke und schlüpfte ins Bett. Bevor er sich flach auf den Rücken legte, sah er Wilhelm lange an.

«Was?»

Bruno wollte ansetzen, dann schüttelte er den Kopf.

«Du willst mir doch etwas sagen.»

Endlich brachte Bruno es über die Lippen. «Die Bande existiert nicht mehr. Alles, woran du denkst, ist Ilona. Ilona ist deine Bande. Du bist jetzt Branko: Du bist ...», er zögerte, es auszusprechen, «auf dich allein gestellt.»

Am nächsten Morgen erwachte Wilhelm in der sicheren Erwartung einer Standpauke durch die Oberärztin. Oder gar eines Rausschmisses durch den Chefarzt. Schon im Frühstückssaal befürchtete er, sein Name würde aufgerufen. Sein Gemüt war taub wie der Kamillentee, der am Morgen ausgeschenkt wurde. Doch die Zurechtweisung blieb aus. Hatte Schwester Angelika geschwiegen?

Am Nachmittag bastelten sie Schneesterne. Die verbanden sie mit Fäden zu meterlangen Ketten und hängten sie überall im Haus auf. Im Treppenflur zogen sich Schneesternketten vom Dachgeschoss bis in den Keller. Nun schneite es sogar im Haus. Als Milo ihn am Abend fragte, welches Abenteuer die Bande der Roten Zora für diese Nacht plane, blieb Wilhelm wortkarg. Denn er hatte entschieden: In dieser Nacht würde er allein gehen.

Wilhelm wartete ab, bis sich die Atemzüge seiner Mitbewohner beruhigt hatten. Milos und Brunos Schlaf erkannte er sofort. Edgar atmete selbst im Schlaf unruhig. Also wartete Wilhelm ab, bis auch er sicher im Tiefschlaf angekommen war.

Etwas später stand Wilhelm vor einer metallenen Tür im

Kellergeschoss. Er hatte die Mülltonnen zur Seite schieben müssen. Am Vortag hatte er sie entdeckt, als er den Abfalleimer aus ihrem Zimmer geleert hatte. Die Tonnen standen direkt davor, ein Schloss gab es nicht. Auch war es weniger eine Tür als vielmehr eine metallene Klappe, halbhoch, eine Armspanne breit. Die Klappe setzte auf dem Boden auf, da die Angeln im Lauf der Jahrzehnte nachgelassen hatten. Wilhelm klemmte die Finger beider Hände in eine Lücke zwischen Metall und Mauerwerk, legte sich mit ganzer Kraft ins Zeug und zog – begleitet von einem durchdringenden Quietschen. Millimeter für Millimeter schwenkte sie auf.

Als sie einen Spaltbreit offen stand, lauschte Wilhelm in die Tiefen des Hauses. Niemand regte sich, niemand schien dieses Geräusch wahrgenommen zu haben. Wilhelm starrte in den dunklen Schlund des Ganges. Die ersten zwei oder drei Meter waren vom Licht des Kellerraumes erleuchtet. Danach versank er in Dunkelheit und mit ihm die Kabelstränge und Leitungen, die an den Wänden angebracht waren. Er würde eine Kerze benötigen, davon gab es so kurz vor Weihnachten genug im Haus – oder eine Taschenlampe. Die verwahrte Bruno, und Bruno lag im Bett und schlief. Wilhelm trat aus dem Tunnel zurück und schloss die Klappe. Als er die Tonnen davorschob, wusste er, dass er schon in der nächsten Nacht hierher zurückkehren würde.

Ein Lichtkegel beleuchtete sein Gesicht. Wilhelm beschirmte die Augen mit der Hand, um nicht geblendet zu sein. «Steh auf!», sagte sie. Ilonas Stimme klang wütend. Ein Schal war um ihren Hals gewickelt. «Du hast eine Taschenlampe?», sagte Wilhelm ungläubig.

«Natürlich», antwortete Ilona, «was ist so erstaunlich daran?»

Wilhelm rieb sich die Augen. «Wie spät ist es?»

Gerade in diesem Moment schlug die Uhr vom nahen Glockenturm.

«Fünf Uhr morgens?», Wilhelm schrie fast. «Wieso so früh? Und warum dürfen die anderen schlafen?»

«Zieh dich an. Ich erwarte dich draußen.»

«Wieso?»

«Die Oberärztin verlangt vor dem Mittag ein Ergebnis.»

«Ein Ergebnis? Wovon?»

«Das erzähle ich dir dann, Wilhelm. Zieh dich an! Oder …»

«Was: oder?»

«Oder sie schmeißen dich raus.»

Eilig schlüpfte Wilhelm in Hose und Pullover. Als er vor die Tür trat, rieb sich Ilona die Arme. Ihre Schwesternhaube hatte sie gegen eine Wollmütze eingetauscht. Natürlich ragte eine Strähne unter dem Saum hervor. Die Nasenspitze war vor Kälte blau angelaufen. «Endlich!», sagte sie vorwurfsvoll und stiefelte los, Wilhelm ihr hinterher.

«Ist das eine Strafe?»

«Für mich auf jeden Fall!»

«Für mich nicht.» Wilhelm war guter Laune. Nicht nur, weil er einen Spaziergang mit Schwester Ilona unternehmen durfte, sondern auch, weil er nun wusste, wer ihm – außer Bruno – eine Taschenlampe beschaffen konnte.

Die Schwesternschülerin streifte ihn mit einem Seitenblick. Auch Wilhelm wagte nicht, sie anzuschauen, doch aus den Augenwinkeln meinte er, sie lächeln zu sehen.

Es hatte wieder zu schneien begonnen. Dicht an dicht taumelten die Flocken zu Boden und verbanden sich zu einer dicken Schicht Neuschnee. Die Geräusche des Waldes, ihre Schritte, selbst das Rauschen des Flusses waren gedämpft. Es war nicht kalt genug, den Schnee unter ihren Sohlen knirschen zu lassen, aber matschig war es auch nicht. Der Weg in die Stadt hinunter, abseits der gewaltigen Mitteltreppe, führte durch den Wald. Das Gefälle war ernst zu nehmen. Sie glitschten und rutschten. Einmal griff Ilona nach Wilhelms Hand, um nicht auszugleiten. Wilhelm hielt sie einen Moment zu lange fest, was Ilona noch mehr gegen ihn aufbrachte. Mit einem Ruck entzog sie sich ihm. «Am Ende macht dir das noch Spaß!»

«Sag mir doch bitte, was du meinst!»

«Dass wir diesen bescheuerten Spaziergang machen müssen! Und alle Leute gegeneinander aufzuhetzen!»

«Wer sagt das?»

«Die Oberärztin.» Resignation lag in Ilonas Stimme. Sie blieb stehen und drehte sich zu ihm um. Stoßweise ging ihr Atem und ließ Wölkchen in die Luft platzen.

«Die Oberärztin hat diesen Spaziergang angeordnet?»

«Ja, Teufel noch mal. Würde ich sonst noch vor dem Frühstück durch den Schnee stapfen?» Einen Moment sahen sie sich schweigend an. Dann wandte sie sich ab und marschierte drauflos. Wilhelm zögerte nicht lange, doch er musste sich anstrengen, um zu ihr aufzuschließen.

«Aber warum denn?», fragte er, als sie wieder gleichauf waren.

«Sie will herauskriegen, ob du wirklich krank bist. Oder ob du … simulierst.»

«Ob ich was?»

Erneut blieb Ilona stehen und blickte ihm in die Augen.

«Simulierst. Theater spielst. Für einen Herzkranken wirkst du ziemlich munter. Schau dir die anderen Jungs an mit ihren blauen Gesichtern und Ohnmachtsanfällen …»

«Aber die Stiche …» Wilhelm wusste selbst nicht, warum er sein Kranksein verteidigte. Die Herzkrämpfe waren nicht zu leugnen. Sie kamen und gingen, und niemand wusste, wieso.

Ilona schritt wacker voran. «Die Oberärztin hat angeordnet, dass wir um elf zurück sein sollen.»

«Von wo?»

«Von unserer Wanderung über den Augustusberg nach Berggießhübel. Dann hinüber zum Brand und über den Giesenstein wieder zurück.»

«Das ist ein Gewaltmarsch!», rief Wilhelm aus. Alle diese Strecken war er schon gegangen – nur nicht innerhalb eines Vormittags …

«Wie gesagt, die Oberärztin will herauskriegen, ob du wirklich krank bist.»

«Diese Strecke überlebt keiner. Nicht einmal Gesunde! Und wenn ich mitten im Wald zusammenbreche? Was machst du dann?»

Er spürte Panik. Schwester Ilona wich seinem Blick aus. Ihr konnte doch nicht wohl sein dabei! Sie trug eine Ersthelfertasche. Doch wenn er wirklich zusammenbrach … bis Hilfe heran war – er schüttelte den Kopf.

Ilona war ihm etliche Schritte voraus. Der Wind hatte aufgefrischt und trieb ihnen den Schnee ins Gesicht. Die Morgendämmerung kroch über die Hügelkuppe, und Ilona hatte die Lampe gelöscht. Wilhelm wusste nicht, was schwerer wog: Die Freude über einen geschenkten Vormittag mit Schwester Ilona oder der Ärger darüber, dass man ihn offenbar loswerden wollte. Falls er die Probe nicht bestand, würde man ihn aus der Klinik weisen? Oder andersrum: Falls er sie bestand, dann erst recht? Dass er der Oberärztin lästig war, hatte Wilhelm verstanden. Sie wollte ihn lieber heute als morgen loswerden. Aber Schwester Ilona? Sie hielt doch gewiss zu ihm!

«Kommst du endlich, Wilhelm?» Ungeduld lag in ihrer Stimme. Der letzte Herbststurm hatte eine gewaltige Tanne gefällt. Im Umfallen hatte sie etliche kleinere Bäume mitgerissen. Ineinander verschlungen lagen sie quer über dem Weg. Ilona wartete vor dem Stamm, um ihm beim Klettern zu helfen. Er ignorierte ihre ausgestreckte Hand und stieg ohne Hilfe hinüber. Als er auf der anderen Seite war, wollte er der Schwesternschülerin helfen. Sie lächelte und überwand sie dann kurz entschlossen ebenfalls ohne Hilfe. Sie sprang auf Wilhelms Seite vom Stamm, und er kicherte.

«Was hast du?», fragte sie.

«Wir sind aus demselben Holz geschnitzt, wir beide.»

Ilona erwiderte ein scheues Lächeln. Dann fragte sie: «Was meinst du damit?»

«Wir lassen uns nicht zähmen. Wir kämpfen.»

«Bitte verlange nicht von mir, dass ich gegen die Oberin kämpfe! Ich muss meine Ausbildung beenden, ich habe eine Prüfung zu bestehen, verstehst du? Das ist unmöglich gegen ihren Willen.»

Wilhelm wurde nachdenklich. Zögernd setzten sie ihre Schritte auf den Waldweg. Er begriff, dass Ilona keine Schülerin mehr war. Obwohl nur wenig älter, war sie schon auf dem Weg, einen Beruf auszuüben, eine Familie zu gründen ...

«Was denkst du?», fragte sie.

Wilhelm errötete. «Möchtest du nicht doch Mitglied unserer Bande werden?»

«Hast du nicht gehört, was ich sage, Wilhelm?» Sie blieb stehen und sah ihm ins Gesicht. Ihre Wangen glühten. Wilhelm verstand ihren Zorn nicht. Sie dehnte die Worte: «Ich arbeite hier. Ich vertreibe mir nicht die Zeit mit Streichen! Und ich ...» Ilona zögerte, ihr Ton wurde plötzlich milde:

«Ich möchte auch nicht, dass du dir die Zeit mit Streichen vertreibst. Am Ende schicken sie dich nach Hause ...»

«Heißt das ...» Wilhelm versuchte Ilonas Blick einzufangen, doch sie hielt immer noch den Kopf gesenkt. Wilhelm wusste plötzlich nicht mehr, was er sagen wollte.

«Was?»

Wilhelm fasste sich. «Heißt das, du würdest es bedauern, wenn man mich nach Hause schickte?»

Er beobachtete Ilona genau.

Sie sah zur Seite. «Ja.»

Hatte er richtig gehört? Hatte Ilona Ja gesagt? Oder war es das Seufzen einer Fee gewesen? «Dann muss ich wohl hier zusammenbrechen.»

Sie sah ihn schief an. «Also spielst du doch Theater?»

Wilhelm hob die Schultern: «Nein! Ich stehe, ich marschiere, siehst du doch!»

Sie blickte ihn an, als wolle sie tief in seine Seele schauen. Im nächsten Moment wischte sie mit einer Geste alles beiseite. «Ach, das ist doch Unfug!»

Dann wandte sie sich ab und setzte ihren Weg fort.

Als sie zu Haus 13 zurückkehrten mit vor Anstrengung geröteten Gesichtern, riefen einige Jungs ihnen von ihren Fenstern entgegen: «Wilhelm und Ilona – ein verliebtes Ehepaar.» Helles Lachen. Wilhelm suchte Ilonas Blick, doch die stierte geradeaus.

Einer von ihnen stand an der Tür und plärrte wieder: «Wilhelm und I...» Weiter kam er nicht. Wilhelm hatte den Handschuh heruntergezogen. Mit wild entschlossener Miene ging er auf den Jungen zu. Kein Mitglied der Bande, ein Glück. Der Junge hob die Fäuste vors Gesicht. Da, bevor er überhaupt ans Zuschlagen denken konnte, ging Wilhelm in die Knie. Er hörte Ilonas Schrei, ihm wurde schwarz vor Augen. Der Schnee dämpfte seinen Aufprall. Doch das merkte Wilhelm nicht mehr. Die Herzkrämpfe hatten ihn in der Gewalt.

Als er in seinem Zimmer erwachte, stand die Oberärztin über ihn gebeugt. Und als er sie mit tiefen Furchen auf der Stirn über ihre goldenen Brillenränder blinzeln sah, wusste Wilhelm, dass er bleiben durfte.

Der graue Mann hatte nicht einmal die Pantoffeln, die er in der Poststelle trug, gegen Winterstiefel eingetauscht. Mit jedem Schritt schleuderten sie Schnee in die Höhe, als gäbe es einen Wettbewerb im Schneeschippen. Wie durch ein Wunder hatte Wilhelm gerade in dem Moment nach ihm Ausschau gehalten, als er über die Brücke kam. Der rechte Ärmel seines Kittels schlackerte an der Seite, seine linke Hand aber wedelte mit einem Umschlag. Wilhelms Herz schlug schneller: War das ein Brief?

Der graue Mann schien etwas zu rufen. Wilhelm wollte das Fenster aufmachen, um besser hören zu können, seine Hände suchten den Drehknauf, doch dann hielt er inne. Um es öffnen zu können, hätte er zuerst Lichterketten und Sterne abnehmen müssen. Also stürzte er, zwei Treppenstufen auf einmal nehmend, zur Tür hinunter. Wilhelm trat hinaus, als der Postmeister, völlig außer Atem, am Fuß der Treppe anlangte. «Ein Brief ... für Wilhelm ... Wilhelm Kramm.»

Wilhelms Herz jubelte. Der Postmeister streckte ihm den Umschlag entgegen. Wilhelm schnappte danach, da hielt ihn eine andere Hand schon fest in den Fingern: die der Schwester Oberin. Hilflos sah ihn der Postmeister an. Dann, nach einem bedauernden Kopfnicken, verdrückte er sich rasch. Mit der Oberschwester wollte sich wohl niemand anlegen.

Doch Wilhelm wurde überschwemmt von seiner Wut. «Geben Sie mir sofort meinen Brief, Schwester Oberin!» Schon ballten sich die Fäuste.

«Willst du mir drohen?» Die Augen der Oberin blitzten. Wilhelm entdeckte Kampfeslust darin.

Es hatte keinen Sinn, er musste sich zusammenreißen. Sonst würde man ihn einsperren, festzurren, fortjagen, was immer. Er zwang sich, tief und gleichmäßig zu atmen. Als er sich einigermaßen beruhigt hatte, formulierte er langsam und ohne jeden Unterton: «Geben Sie mir bitte den Brief, Schwester Oberin! Es ist eine Nachricht von meiner Mutter. Ich warte schon sehr lange darauf.»

Die Schwester Oberin besah sich den unauffälligen Umschlag von allen Seiten – und versteckte ihn dann hinter ihrem Rücken. «Das entscheidet die Oberärztin», sagte sie. «Komm mit!»

Der Aufforderung hätte es nicht bedurft. Wilhelm würde ihr überallhin folgen, wohin sie diesen Brief trug. Er wollte endlich lesen, dass es der Mutter gut ging!

Man hätte ein Staubkorn fallen hören können, als die Oberärztin den Brief der Mutter las. Die Oberschwester stand schweigend in der Zimmerecke. Wilhelm hielt den Atem an. Wenigstens war er in der Nähe des Schriftstücks, und es war noch nicht in irgendeiner Schublade verschwunden! Er musste diesen Brief haben!

Die Oberärztin ließ die Blätter sinken und schaute über den Brillenrand. «Deine Mutter ist sehr vernünftig», sagte sie. «Sie ermahnt dich, gehorsam zu sein und keine Streiche mehr zu spielen. Vor allem sollst du dieses Herumstreunen beenden.»

Was redete die Oberärztin? Endlich Nachricht von seiner

Mutter, und dann hielt sie ihm Predigten? Das konnte die Mutter nicht geschrieben haben. «Geben Sie mir den Brief, bitte!», bat Wilhelm. Er hätte sich auch auf die Knie geworfen.

Die Oberärztin zögerte, dann reichte sie ihm die Blätter über den Schreibtisch. Wilhelm entriss sie ihr förmlich und überflog die Zeilen. Der Inhalt klang traurig und nüchtern, jedenfalls nicht nach seiner Mutter.

«Ich hoffe, sie kommt mich zum Weihnachtsfest besuchen», murmelte Wilhelm mehr zu sich selbst. Er las den Brief erneut, um zu prüfen, ob irgendein Hinweis dazu enthalten war. Kein Wort. Mit hängenden Schultern verließ Wilhelm den Raum. Da rief ihm die Oberärztin hinterher: «Woher weißt du, dass du Weihnachten erlebst?»

Eine Woche vor dem Christfest gab es einen Ausflug zum Jahresabschluss: Die Jungen besuchten das Sägewerk unten am Fluss. Früher war die Sägemühle durch ein gewaltiges Mühlrad angetrieben worden. Das Rad gab es nicht mehr, und der Mühlbach war zugeschüttet. Stattdessen verströmte ein knatternder Dieselmotor Gerüche und Geräusche im Tal. Doch da war noch etwas, das in Wilhelms Nase und Lunge drang. Und dort entfachte es eine wilde Leidenschaft, die bis hinauf in den Kopf gelangte. Wilhelm folgte dem Geruch bis zu einem Stapel frisch geschnittener Bretter. Mit der Hand strich er über die Fasern und spürte die Feuchte. Dann beugte er sich ganz dicht über die Oberfläche und sog den Duft ein: Es war das Aroma des Waldes. Wilhelm schloss die Augen und sah Baumwipfel, die sich im Wind wogen. Diesen Anblick hatte er hier kennengelernt. Das gab es nicht in Köpenick.

Später, als er die Jungen herumführte, zeigte der Sägemüller die Maschinen in Betrieb: wie sie mächtige Stämme erst schälten, dann schnitten, dann zu Brettern sägten. Und mit jedem Arbeitsgang entströmte dem Holz mehr von diesem Geruch. In diesem Moment wusste Wilhelm, dass er später einmal einen Beruf erlernen wollte, der mit Holz zu tun hatte. Den ganzen Tag lang immer nur diesen betörenden Geruch in der Nase, herrlich! Aber lohnte es überhaupt, einen Beruf zu erlernen? Würde man ihm, einem Herzkranken, überhaupt einen Ausbildungsplatz zuteilen?

Eindringlich musterte der Sägemüller den begeisterten Jungen, der sich immer in seiner Nähe hielt und tausend Fragen stellte. Wilhelm hielt dem Blick stand. Dann sagte der kräftige Mann, er habe etwas für ihn. Er führte die Jungs an einen Haufen: Rinde, Scheite mit Astlöchern – Ausschuss. Und er hatte Schnitzmesser bereitgelegt. Jeder der Jungs konnte sich einen Scheit oder eine Scheibe zum Schnitzen aussuchen. «Wichtigste Regel: Die Messerhand immer vor der Holzhand!» Der Sägemüller sprach in die Runde und zog mit ruhigen Bewegungen Späne vom Scheit. Das Holz kräuselte sich fein unter seiner Klinge, und Wilhelm konnte kaum erwarten, es endlich in Händen zu halten.

Als er an der Reihe war, angelte sich Wilhelm eine zwei Daumen dicke Holzscheibe. Man konnte die Jahresringe zählen: ein junger Baum, erst dreißig Jahre alt! Der Sägemüller nickte zufrieden, die Begeisterung stand Wilhelm ins Gesicht geschrieben. Und was in dieser Baumscheibe steckte, wusste Wilhelm, sobald er das Holz in den Händen hielt. Es war ein Herz.

Als sie in die Klinik zurückkehrten, saß Edgar auf dem Bett, den Kopf in die Hände gestützt. Die dunklen Strähnen hingen ihm ins Gesicht. Wilhelm wollte ihn ansprechen, doch Edgar schickte ihn fort.

«Was hat er denn?», fragte Wilhelm.

«Sie haben ihm die Hanteln zum zweiten Mal genommen», gab Bruno Auskunft. «Die Schwester Oberin sagt, diesmal bekomme er sie nicht wieder.»

Wilhelm blieb vor Entsetzen der Mund offen. «Hat man uns verraten?»

Edgar schüttelte den Kopf. Er konnte nicht sprechen. Stattdessen sprang Bruno in die Bresche. «Niemand hat uns verraten. Aber sie sind sauer, allesamt. Stocksauer!»

«Warum?», fragte Wilhelm, obwohl er eine Ahnung hatte.

«Sie haben unser Zimmer durchsucht. Irgendjemand muss die Kerzen aus dem Adventskranz gestohlen haben. Und dabei haben sie die Hanteln entdeckt.»

Abrupt wandte sich Wilhelm ab. Er wollte verhindern, dass Bruno sein Grinsen sah. Tatsächlich, der Kranz aus Tannenzweigen, der im Eingangsbereich neben der Garderobe hing, war seit einigen Tagen seiner Kerzen ledig. Und Wilhelm wusste, wo sie waren. Er tastete nach ihnen und dankte dem Umstand, dass er sie in der Jackentasche aufbewahrt hatte und nicht im Zimmer. Dort hätten sie sie sicher gefunden. Die Hanteln würden sie schon irgendwie zurückholen.

Bei nächster Gelegenheit flüsterte Wilhelm Ilona auf dem Gang zu: «Warum habt ihr Edgar die Hanteln genommen?»

Ilona sah Wilhelm ins Gesicht. «Diese ganze Kraftmeierei und das Jungmännertum in eurem Zimmer war der Oberärztin zu viel. Am Ende stirbt noch jemand.»

Wilhelm schüttelte den Kopf. Er fühlte sich verraten, auch von Ilona. Ihr Tonfall klang, als sei sie mit allem einverstanden. Ilona schien den Vorwurf in seinem Blick zu fühlen.

«Wilhelm, komm doch zur Vernunft: Jeden Tag kann jemand umkippen und nicht wieder aufstehen! Wir sind verantwortlich für euch. Und was macht ihr dummen Jungs? Ihr veranstaltet einen Kraftsportwettbewerb!»

Wilhelm überhörte die *dummen Jungs*. Wenn Schwester Ilona das sagte, versetzte es seinem Herzen einen Stich. «Edgar braucht die Hanteln. Sie halten ihn am Leben!»

«Die Hanteln? Warum denn?»

«Auf diese Weise fühlt er sich seiner Freundin näher.»

Ilona schaute verständnislos.

Großer Tumult vom anderen Ende des Ganges: ein Auflauf von Ärzten und Schwestern. Dutzende von Kittelträgern strömten in ein Zimmer.

«Das ist unser Raum!», stellte Wilhelm fest. Ilona ergriff seine Hand und zog ihn den Flur hinunter. «Komm!»

Wilhelm konnte sein Glück kaum fassen: Hand in Hand mit Ilona. Doch als sie an die Tür ihres Zimmers gelangten, holte ihn das Entsetzen ein. Ein schneeweißer Körper lag auf dem Boden. Kaum hob er sich farblich von den Kacheln ab. Ein Assistenzarzt kniete auf Edgar und presste mit beiden Händen seinen nackten Brustkorb. Nur mit der Pyjamahose bekleidet, zuckten Edgars Glieder unter dem rhythmischen Druck. Eine Schwester stand am Kopfende und hielt Edgars Wangen. Nein!, dachte Wilhelm. Dann schrie er es hinaus: «Edgar!»

Nach einer Anzahl Pressungen hielt der Arzt seine Wange an Edgars Lippen. Die waren blau, wie der ganze Körper. Die Schwester Oberin hatte Panik im Blick.

Der Arzt wiederholte die Herzmassage unzählige Male. Endlich hielt er erschöpft inne. Die Schwester Oberin, die seinen Unterarm hielt, hatte vermeldet, dass Edgars Herz wieder schlug. Die Stille war so groß, dass Wilhelm Edgars Atemgeräusche – endlich! – vernehmen konnte, obwohl er immer noch an der Tür zum Flur stand. In die Totenstille hinein flüsterte Wilhelm: «Was ist passiert?»

Milo, der ihm am nächsten stand, antwortete ihm. «Er hat so lange Liegestütze gemacht, bis er ohnmächtig wurde.» Er schlug beide Hände vors Gesicht. «Es war schrecklich: Ich glaube, er wollte sterben.»

Edgar war noch nicht wieder erwacht, aber das Blau über den Lippen war der bekannten vornehmen Blässe gewichen. Wilhelm wandte sich ab und rannte den Flur hinunter.

Kopflos floh er über den Gang. Wohin, wusste er nicht. Nach draußen jedenfalls nicht, nicht in die Kälte, die immer noch Eisblumen auf die Fenster pflanzte. Eine Tür stand einen Spalt weit offen, dahinter wohltuende Dunkelheit. Wilhelm öffnete sie ganz und stürzte hinein – und fand sich in einer Wäschekammer. Der Geruch gestärkter Laken schlug ihm entgegen. Selbst die Falten rochen nach Ordnung. Er schloss leise die Tür hinter sich und gab sich vollends dem Duft hin. In völliger Dunkelheit setzte er sich auf eine Fußbank und ließ seinen Tränen freien Lauf. Der Kuss des Todes, er hatte ihn gespürt. Der willenlose, leblose Körper unter den Griffen des Assistenzarztes, die hängenden blassen Glieder, Wilhelm wurde schwindlig. Er wollte nicht sterben. Er wollte gesund sein, immer und immer.

«Ach, hier bist du!»

Er schrak zusammen, als sich die Tür öffnete und Schwester Ilona hereinschlüpfte.

Das Licht flammte auf, nur eine Funzel in der Wäschekammer, doch Wilhelm war geblendet. Er schützte seine Augen mit der Hand. «Licht aus, bitte.»

Schwester Ilona löschte das Licht. Sie musste ganz nahe sein. «Du weinst?», fragte sie.

«Nein», behauptete Wilhelm und fühlte, dass sie ihm keinen Glauben schenkte.

«Wilhelm», begann sie, «es ist nicht deine Schuld. Ja, Edgar hat sich darüber aufgeregt, dass man ihm die Hanteln weggenommen hat, aber das hätte die Oberschwester auch ohne dich getan.»

«Ohne mich hätte sie sie nie entdeckt!»

Schwester Ilona schwieg.

«Warum», fragte Wilhelm, «muss man Kindern etwas wegnehmen, die mit einem Bein im Grab stehen?»

«Weil es gefährlich ist.»

«Was kann gefährlicher sein, als Edgar aufzuregen?»

«Wozu braucht er überhaupt Hanteln?»

«Um sich wohlzufühlen in seinem Körper.»

Sie zögerte, ehe sie die nächste Frage stellte: «Und du? Warum trainierst du?»

«Um stark zu sein», antwortete Wilhelm, ohne auch nur über seine Worte nachgedacht zu haben. Der Ton war so bestimmt, dass er keinen Zweifel ließ.

«Stark?» Ilona blies Luft zwischen den Zähnen hindurch. «Was ist schon stark?»

«Stark ist, wenn man die Kraft hat, Dinge zu verhindern.»

«Welche *Dinge*?»

«Dinge, die zu grässlich sind, um zu geschehen.»

«Was meinst du? Hier in der Klinik?»

Wilhelm verneinte mit hängendem Kopf. «Daheim.»

Nun senkte sich Schweigen in die Kammer. Wilhelm hörte Ilona atmen. Gleichzeitig atmeten sie ein und aus. Es war still. Die Wäsche dämpfte jeden Ton. Endlich, als er genügend Mut gesammelt hatte, stellte er die Frage, die ihn seit dem Vormittag bewegte: «Glaubst du auch, dass ich bald sterben werde?»

Ilona schwieg lange, bevor sie Antwort gab: «Kinder, die in dieses Haus kommen, haben kein langes Leben. Sie kommen, um ihre kurze Zeit zu verlängern. Deshalb ist unsere Arbeit eine gute, sinnvolle.»

«Und schaffen es alle, ihr Leben zu verlängern?»

Wilhelm spürte, dass sie den Kopf schüttelte. «Einige sind gestorben während der Zeit, in der ich hier bin.»

«Ich werde nicht sterben», sagte er dann mit größter Entschlossenheit.

«Wie willst du das verhindern?»

«Indem ich stark bin.»

Ilona schwieg.

«Bisher wollte ich nie stark sein. Jetzt will ich es.»

«Warum?», fragte Ilona.

«Weil ich leben will. Weil ich, wenn ich ein Mann bin, heiraten will.»

Mit angehaltenem Atem lauschte er in die Dunkelheit. Ilonas Atemzüge hingegen hatten sich beschleunigt. Dann kicherte sie und fragte: «Wirklich?»

Wilhelm hatte nur darauf gewartet. «Wirklich.» Und nach einem langen Schweigen: «Ich habe mich verliebt.» Er lauschte angestrengt. Ihr Atmen war zu hören, sonst nichts. «Ilona?», fragte er in das Dunkel hinein.

Sie blieb stumm.

«Komm heute Abend in die Garderobe», bat er, «nach dem Abendbrot! Ich möchte dir etwas zeigen.»

«Was, wenn ich nicht komme?»

«Bitte, komm!», beschwor Wilhelm sie. «Ich habe ein Geschenk für dich.» Angestrengt lauschte Wilhelm auf ihre Antwort. Doch statt ihrer Stimme hörte Wilhelm die Türklinke: Ilona verließ die Kammer. Wilhelm konnte nicht einmal mehr einen Blick erhaschen. Zu sehr blendete ihn das Licht.

Wilhelm erschrak, als Ilona, sobald er am Abend in die Garderobe gelangt war, aus der Deckung der Jacken und Mäntel trat.

«Danke, dass du gekommen bist», flüsterte er.

«Was willst du von mir, Wilhelm?» Ihr Ton war mürrischer, als ihre Anwesenheit vermuten ließ. Doch die Art und Weise, wie sie seinen Namen aussprach, versöhnte Wilhelm.

Ja, was wollte er denn von ihr?

Ohne sich eine Antwort zu geben, ergriff er ihre Hand und führte sie in das Untergeschoss. Ilona rümpfte die Nase, als er die Mülltonnen beiseiteschob. Doch als er die Metallklappe öffnete und mit der Taschenlampe in den langen, dunklen Gang leuchtete, schien auch in der Schwesternschülerin die Abenteuerlust zu erwachen. «Wohin führt dieser Gang?», fragte sie. Wilhelm konnte die roten Flecken auf ihren Wangen nicht sehen, aber ahnen. Zur Antwort reichte er ihr die Hand.

Das erste Stück des Weges führte durch verputztes Mauerwerk und war nicht sehr steil. Sie mussten sich in den niedrigen Gang ducken. Es roch nach Mörtel und Spinnen. Die Netze strichen ihnen übers Gesicht, wenn sie sich nicht schnell genug wegduckten. Nach einigen Hundert Schritten kamen sie an eine gemauerte Kammer. Hier konnten sie endlich aufrecht stehen. Vom Hang her führte eine Vertiefung auf dem Boden unter ihnen hindurch. Spärlich floss das Wasser, ein Rinnsal nur. Diesem Gang folgte Wilhelm bergauf: immer dem Lauf des Wassers entgegen. Er trug die Taschenlampe und schwenkte den Lichtkegel von Wand zu Wand. Nun wurde es feuchter. Die Wände waren mit Ziegelsteinen gemauert. Moos und Flechten hingen von den Seiten der Backsteine, einige waren grün vom Bewuchs. Licht musste in diese Schächte dringen, aber mitten in der Nacht konnte Wilhelm nicht ausmachen, wo.

Nach einer Weile schwenkte der Gang – in diesem Abschnitt mochte man ihn wohl besser *Kanal* nennen – so steil hangaufwärts, dass Wilhelm und Ilona die Hände zu Hilfe nehmen mussten, um sich an den gemauerten Innenwänden entlang hochzustemmen. Nachdem sie wohl weitere hundert Schritte gestiegen und immer noch nicht angekommen waren, verschnauften sie einen Moment.

«Wohin führst du mich?», fragte Ilona schwer atmend.

«Wir sind gleich da», kündigte Wilhelm an.

Er sah nach vorn, und tatsächlich lag auf den Backsteinen schon der Widerschein flackernden Lichts. Der Gang führte nun horizontal und seitwärts, das Echo plätschernden Wassers pflanzte sich an den Wänden fort …

Nach wenigen Schritten gelangten sie in einen Saal aus blanken Backsteinen. In der Mitte lag ein dunkles Becken, gefüllt – scheinbar – mit schwarzem Eis. Die Oberfläche war so glatt, dass sie das Licht der Kerzen spiegelte. Erst als Wilhelm einen kleinen Stein aufhob und hineinwarf, schlug es winzige Wellen: Mit einem überraschten Ausruf schlug Ilona die Hand vor den Mund: «Die große Zisterne!»

«Kennst du diesen Ort?», fragte Wilhelm.

Ilona verneinte. «Ich habe nur davon gehört.»

Das Becken war bis zum Rand mit Wasser gefüllt. Darin spiegelten sich die Flammen von vier Kerzen, am Beckenrand aufgestellt. Wilhelm hatte sie bereits am Nachmittag entzündet, sie waren zur Hälfte heruntergebrannt.

«Hier sind sie also, die Kerzen aus dem Lichterkranz.»

Wilhelm lächelte. Ilona schüttelte erst vorwurfsvoll den Kopf, dann musste sie ebenfalls lächeln. Die Flammen flackerten.

Eine Zeit lang war der Widerschein noch unruhig, dann liefen die kleinen Wellen, die der Stein aufgeworfen hatte, allmählich zu den Rändern des Beckens hin aus. Wieder lag das Wasser wie ein Spiegel. Es roch feucht. Wilhelm schickte sich an, sich zu entkleiden.

«Ist es nicht zu kalt zum Schwimmen?», fragte sie ihn. Ihre Stimme hallte. Jede Bewegung pflanzte ein Geräusch ins Gewölbe.

«I wo», behauptete Wilhelm.

Als er sich aller Kleidung entledigt hatte, glitt er, ohne zu zögern, ins Wasser. Die Kälte umklammerte sein Herz wie ein Ring aus Eisen. Es war nicht der bekannte Krampf in der Brust, aber doch ein beklemmendes Gefühl.

Als sei er daheim in der Dahme, paddelte Wilhelm in die Mitte. Allmählich wich die Kältestarre aus seinen Gliedern, doch er konnte nicht verhindern, dass seine Zähne aufeinanderschlugen.

Ilona legte sich auf den Rand des Beckens und beobachtete ihn. Was hatte er erwartet? Dass sie mit hineinkam? Eigentlich war er froh, dass sie auf dem Beckenrand blieb. Wilhelm tauchte kurz unter, dann schnellte er wieder hinauf. Wo er sich bewegte, verursachte er Wasserringe. Sie verwandelten den glatten, schwarzen Spiegel in ein bezauberndes Etwas. Die Kerzenflammen glitzerten hundertfach auf den Wellenkämmen.

«Komm herein, es ist herrlich!» Er presste die Worte heraus, seine Zähne schlugen aufeinander vor Kälte.

Ilona schüttelte den Kopf. «Mir reicht es, wenn ich den

Finger hineintauche.» Sie tat es und fröstelte. Dann sah sie sich im Saal um und sagte: «Es ist schön hier.» Als sie ihm einen Blick zuwarf, spiegelte sich der Kerzenschein in ihren Augen.

«Das ist meine Uskokenburg», sagte Wilhelm, als er wieder sprechen konnte, und Ilona stützte den Kopf auf ihre verschränkten Arme. «Schön, dass es dir gefällt.»

«Es ist das alte Reservoir der Klinik», sagte sie. «Von hier aus wurden sämtliche Gebäude mit Frischwasser versorgt.»

Wilhelm schwieg beeindruckt. Eine Zeit lang blickten sie einander stumm, aber aus einiger Entfernung ins Gesicht. Er konnte kein Wort herausbringen. Sicherlich, so dachte er, waren seine Lippen blau angelaufen.

«Komm ins Wasser!», bat er erneut und musste sich jedes Wort vom Zittern der Kiefer abpressen. Seine Muskeln waren wie gelähmt. «Wir schwimmen – wie Zora und Branko im Mittelmeer!»

«Es fühlt sich an wie das Polarmeer», lachte Ilona. Ihre Finger fuhren zärtlich über die Wasseroberfläche, und ihre Fingerspitzen schlugen winzige Wellen, die Wilhelms Wasserringe durchkreuzten. Doch sie blieb am Beckenrand.

Mit zitternden Gliedern kam Wilhelm wieder heraus. Seine Zähne schlugen aufeinander. Es war wie daheim, wenn er aus der Dahme stieg. Nur die Sonne fehlte. Ilona reichte ihm eines der sauber gefalteten Handtücher, die auf dem Beckenrand lagen. Er hatte an alles gedacht.

Wilhelm spürte, wie ihre Blicke seinen Körper musterten, doch er schämte sich nicht. In der Dahme badete er auch immer nackt. Ilona räusperte sich, als wolle sie etwas sagen.

«Was?», fragte Wilhelm. Er bildete sich ein, sein Kreuz sei breiter geworden, seitdem er mit Hanteln trainierte.

Ilona zögerte. «Ach nichts.»

Als sie vor das Reservoir traten, nahm Ilona seine Hand. Gemeinsam blieben sie so stehen und sahen hangabwärts. Zwischen den Bäumen lag Schnee. Erst in einiger Entfernung konnten sie die Lichter der Klinikgebäude erkennen. Wilhelms Herz pochte.

«Danke», sagte Ilona. Dann machten sie sich mit verschränkten Fingern an den Abstieg. Immer, wenn sie auszugleiten drohte, presste sie sich fest an Wilhelm. Diese Momente genoss der Vierzehnjährige. Erst kurz bevor sie die ersten Gebäude erreichten, lösten sich ihre Hände. Und bevor sie sich trennten, sahen sie einander lange in die Augen. Ilona ging mit gesenktem Kopf davon – nicht zielstrebig, sondern zögerlich. Wilhelm sah ihr hinterher, dann schob er das angelehnte Fenster auf und kletterte zurück in die Garderobe.

Am nächsten Tag wartete Wilhelm darauf, dass Ilona ihn weckte. Er kniff die Augen zusammen, um es ganz auszukosten. Diesen herrlichsten Moment des Tages, da sie an sein Bett trat und ihn sachte an der Schulter rüttelte. Kurz zuvor konnte er schon ihren Geruch wahrnehmen, eine Mischung aus Seife, Zahnpasta und etwas, das Wilhelm nicht ergründen konnte. Manchmal flüsterte sie seinen Namen.

Da senkte sich die Klinke, mit einem Knacken sprang die Tür auf. Wilhelm kniff die Augenlider fester zusammen, damit Ilona nicht sah, dass sie zitterten. Dann spürte er ein Rütteln am Bettgestell, und eine derbe Stimme rief: «Raus aus den Federn!»

Wilhelm riss die Augen auf und erkannte im Licht der Notbeleuchtung die Züge der Schwester Oberin. Verdattert sah er sie an. «Aber ... wo ist Schwester Ilona?»

Die Schwester Oberin hatte mittlerweile auch Edgar und Bruno aus dem Schlaf gerissen. Nun wandte sie sich Milo zu. Doch der saß bereits verängstigt auf der Bettkante und deutete der Oberschwester verzweifelt an, dass er nicht geweckt werden musste, da er ja schon wach war.

Währenddessen gab die Schwester Oberin karge Auskunft: «Krank, das faule Ding. Gestern sprang sie noch herum.»

«Krank?» Wilhelm war so überrascht, dass er nichts anderes zu fragen wusste. Insgeheim musste er der Oberschwester recht geben. Doch zwischen gestern und heute lag das Gespräch in der Wäschekammer; lag das Erlebnis im Reservoir; lagen Hand in Hand, verschämte Blicke und gerötete Wangen; lag die eingestandene Zuneigung. Wilhelm konnte nicht ausschließen, dass die Krankheit nur ein Vorwand war, ihm nicht begegnen zu müssen, oder aber, schlimmer noch, dass ihre gestrige Begegnung Ilona geschadet hatte. Wie konnte er sie auch derart brüskieren: Ein Vierzehnjähriger gesteht einer Frau, die seine Mutter hätte sein können, die Liebe? Ach nein, so groß war der Altersunterschied nun doch wieder nicht! Groß genug aber, um Wilhelm in diesem Moment das Gefühl zu geben, einen Fehler begangen zu haben. Und so lange Schwester Ilona verschwunden war, sah er auch keine Möglichkeit, genauere Auskünfte einzuholen. Wilhelm spürte Herzstiche, doch er kämpfte sie nieder, denn gerade in diesem Augenblick musste er stark sein. Musste den Zweifel besiegen, dass das gestern ein Fehler gewesen war. Ach, hätte er sie doch, wie bisher, aus der Ferne bewundert. Womöglich hatte er, was so zart keimte, mit einem Streich zerstört. Alles, was Wilhelm in diesen Moment spürte, war Verzweiflung. Wie konnte er nur so dumm sein! Natürlich konnte ihn diese Frau nicht lieben! Nicht nur des Alters wegen.

Wer liebt schon einen Todgeweihten?

Als er vor dem Abendbrot zur Oberärztin gerufen wurde, hatte er bereits all seine Habseligkeiten in einen Rucksack gepackt. Auch das Herz aus Holz, an dem er seit dem Besuch im Sägewerk schnitzte, das aber noch nicht ganz fertig war. Die Kanten mussten noch rund werden.

Im Sprechzimmer gab er sich willfährig und gehorsam, bloß nicht noch Ärger bekommen und seinen Plan gefährden! Die Oberärztin musterte ihn lange, vermutlich war es Misstrauen.

Wilhelms Reisetasche erwies sich als zu groß und unpraktisch für eine Flucht. Also nahm er einen Rucksack, der seit seiner Ankunft in der Garderobe hing und offenbar niemandem gehörte.

Wilhelm wollte sich zunächst eine Nacht lang im Holzlager der Sägemühle verstecken, bevor er am nächsten Morgen die Reise nach Pirna antrat, dann Dresden – und dann weiter nach Berlin. So oft hatte er sich die Route vor Augen geführt, so oft nach Hause geträumt. Eine Nacht noch – so lange würde es dauern, dachte er, bis sich die Aufregung über sein Verschwinden gelegt hätte und der Bahnhof der Gottleubaer Güter- und Bergarbeiterbahn sicher war. Am Morgen, wenn die Arbeiterinnen zu den Schichten strömten, musste dort der größte Betrieb herrschen. Womöglich wurde die Polizei benachrichtigt, und Wilhelm musste darauf gefasst sein, dass dort kontrolliert wurde. Darüber würde er sich später Gedanken machen …

Während des Abendbrots gelang es ihm, einige Kanten Brot, die eine oder andere Scheibe Wurst und Käse in seine Taschen zu stopfen. Er bot sich an, beim Abräumen zu helfen, und verließ die Spülküche mit vollen Taschen. Diesmal wollte er nicht bis nach Einbruch der Dunkelheit warten. Er würde der Nachtschwester verkünden, erschöpft zu sein und früher ins Bett zu gehen. Dann würde er alles so präparieren, dass seine Bettdecke wie ein Körper aussah. Bei oberflächlichem Hinsehen würde niemand merken, dass Wilhelm nicht dort lag. Das hatte auch funktioniert, als er Ilona das alte Reservoir gezeigt hatte. Nicht einmal die Jungs hatten mitbekommen, dass er fort war …

Er steckte alles in den Rucksack und überprüfte noch einmal die Vollständigkeit seiner Vorräte und Kleidungsstücke. Für zwei Tage mussten sie reichen, so lange, rechnete sich Wilhelm aus, würde er benötigen, um nach Köpenick zu gelangen. Den Rest ließ er hier zurück. Sicherlich würde man es ihm nachschicken. Brunos Bücher legte er auf den Nachttisch. Wo Bruno war, wusste er nicht. Seit dem Abendbrot hatte er ihn nicht mehr gesehen. Edgar und Milo waren im Aufenthaltsraum. Wilhelm warf noch einen letzten Blick auf das drapierte Bett. Es sah aus, als habe er sich die Decke über den Kopf gezogen und sei so eingeschlafen. Zufrieden mit seinem Kunstwerk der Täuschung schwang er sein Bündel auf den Rücken und ging, die Nachtbeleuchtung vorsichtig nutzend, die Treppe hinunter.

Als Wilhelm seine Habseligkeiten in der Garderobe dicht am Eingang zum Haus ablegte, um die Winterjacke überzustreifen, stand ihm plötzlich Bruno gegenüber. «Was tust du?» Wilhelm wusste sofort, dass er ihm nichts vormachen konnte. «Ein neues Abenteuer?», fragte Bruno. Wilhelm schüttelte den Kopf. «Ich werde Weihnachten mit meiner Mutter verbringen. Schluss, aus.» Trotzig schob er die Lippen vor.

Bruno zog die Stirn kraus. «Warte, ich will auch nach Hause.»

«Du hast nicht gepackt, du musst bleiben.»

«Ums Verrecken nicht! Wenn du gehst, geh ich mit.»

Bruno hatte die Stimme erhoben, und Wilhelm fürchtete, die halblaut geführte Unterhaltung werde sie über kurz oder lang verraten. Sein Proviant reichte für zwei. Und – gleich, welches Abenteuer sie zu bestehen hätten – es wäre leichter zu zweit …

«Bitte, Wilhelm, nimm mich mit!», flehte Bruno.

Wilhelm seufzte. «Ich habe nicht genug Geld für zwei Fahrkarten. Es reicht nicht mal für eine …»

Bruno ging zum Garderobenhaken, an dem seine Jacke hing. Er langte in die Tasche und zog Scheine heraus. «Geld hab ich genug.»

Wilhelm musterte den grünen Goethe mit dem Zirkel im Ährenkranz. Er überwand sein Zögern. «Na gut. Zieh dich an. Du kannst aber nicht mehr rauf ins Zimmer. Wir müssen sofort los.»

«Aber meine Bücher …»

«Zu spät. Zu gefährlich.»

Für einen kurzen Moment schien Bruno zu wanken. Dann sagte er: «Ach. Es ist doch besser, ein Abenteuer selbst zu erleben, als eines zu lesen. Oder?» Unsicher sah er zu Wilhelm auf.

Der nickte. Ausreißen, das wusste Wilhelm auch ohne Bücher, Ausreißen war ein Oberabenteuer!

Auf halbem Berghang folgten sie dem Lauf des Flusses unten im Tal. Bald war die Sägemühle erreicht. Über ein paar Steine, die im Flussbett lagen, ohne dass Wasser darüber floss, sprangen sie auf die andere Seite. Dünnes Eis hatte die Brocken überfroren, es knisterte unter ihren Schuhsohlen. Wilhelm streckte als Erster die Nase über die gemauerte Uferkante. Seit dem Hochwasser in den 1920er-Jahren, das die halbe Stadt fortgeschwemmt hatte, führte eine massive

Mauer die Gottleuba um die Mühle herum. Wilhelm hing seinen Gedanken an die Schwesternschülerin nach, und sein Herz krampfte. War es richtig, was er hier tat? Setzte er nicht alles aufs Spiel?

Über die Mauerkante hinweg beobachtete er das Gelände. Überall lagen gestapelte Bretter und ganze Stämme. Der Geruch ließ Wilhelm beinahe ohnmächtig werden. Bruno, der etwas kleiner war, aber umso neugieriger, erkundete, ob die Luft rein war. Der Sägemüller habe sich in sein Haus zurückgezogen, vermutlich sitze er beim Abendbrot, erstattete er Wilhelm Bericht. Die meisten Schuppen standen offen. Die Bretter mussten gut durchlüften, damit das Holz trocknete, bevor man es verarbeiten konnte. Andere Schuppen, etwa die für die Werkzeuge und schweren Geräte, waren verschlossen.

Ungesehen schlüpften die Jungen durch einen Spalt. Im Halbdunkel suchten sie einen geeigneten Platz zum Übernachten. Mit geübtem Auge hatte Wilhelm Decken und Planen ausgemacht, unter die man kriechen und sich vor der Kälte schützen konnte. In einem der Schuppen brannte immer noch knisternd ein Kanonenofen, den der Sägemüller wohl während der Arbeit zum Aufwärmen entzündet hatte. Bruno schleppte Scheite heran. «Bist du verrückt?», sagte Wilhelm. «Willst du uns verraten? Der Sägemüller riecht sofort, wenn wir seinen Ofen feuern!»

Seufzend ließ Bruno das Holz fallen. Wilhelm hoffte, dass die Restwärme ausreichen würde, sie über Nacht nicht erfrieren zu lassen. Am nächsten Morgen würde der erste Zug die Arbeiter aus der Stadt ins Bergwerk und in die Steinbrüche rund um Pirna bringen. Dabei konnten sie sich unters Volk mischen.

Beim Erkunden der Schuppen hatte Wilhelm ein altes Messer gefunden, das vergessen in einem Holzblock steckte.

Er setzte sich neben den Ofen, möglichst nah, und begann, an seinem Herzen zu schnitzen. Das Messer war gut geschärft.

Fasziniert beobachtete Bruno, wie Wilhelm Span um Span von der Form schnitt und das Herz immer mehr Form annahm. «Was wird das?», fragte er, obwohl er es längst erraten haben musste.

«Ein Geschenk für meine Mutter.» Wilhelm presste die Lippen zusammen und schnitzte weiter.

«Was ist dein Plan?»

«In den ersten Zug steigen und hinunter nach Pirna fahren. Dann nach Dresden, dann nach Berlin.»

«Mit dem Zug?»

«Mit dem Zug. Ich kenne die Strecke vom Herweg, kein Problem.»

Wilhelm starrte auf die Späne, die sich kringelten, während er sie vom Holz schnitt.

«Du willst also wirklich ausbüxen?», fragte Bruno ernst.

Schweigend schnitzte Wilhelm Span um Span. Bruno schüttelte den Kopf und zog sich die Decke über den Leib.

Mitten in der Nacht erwachten sie von der Kälte. Am Schlottern ihrer Glieder bemerkten sie, dass der Ofen erloschen war und allmählich erkaltete.

«Lass uns nachlegen!», bat Bruno. «Der Sägemüller wird nix merken, der ist längst im Reich der Träume!»

Wilhelms Zähne schlugen aufeinander, so sehr zitterte er. Wenn die Nacht noch lange andauerte, würden sie vermutlich erfrieren. Und es war noch kein Schimmer Morgenlicht zu erkennen. Wilhelm hatte jedes Zeitgefühl verloren.

Entschlossen schlug er die Planen auseinander. «Dann lass uns auf die Suche nach Brennholz gehen.»

Der Ruf eines Käuzchens schlug ihnen entgegen, als sie das Tor aufschoben und den Schuppen verließen. Die Nacht war sternenklar, der Mond glänzte beinahe voll über ihren Köpfen. Mitten im Hof lagen frisch gespaltene Scheite. Armweise schleppten sie sie in den Schuppen. Der Haufen wurde kleiner und kleiner, sicherlich würde es dem Sägemüller auffallen. Aber ehe er den Diebstahl entdeckt hätte, wären sie über alle Berge! Der Roten Zora hätten sie alle Ehre gemacht.

Nachdem sie den halben Haufen Scheite in den Schuppen getragen hatten, war ihnen warm. Das Hin und Her hatte Schweiß getrieben. Vorsorglich riss Wilhelm ein paar Stücke Birkenrinde vom Stamm. Sobald er einen Glutherd in der Asche angeblasen hatte, hielt er die Rinde daran. Sofort flammte sie auf. Gleich schob er Reisig hinterher, das er im Schuppen gesammelt hatte. In einer Sägemühle Feuer zu entfachen, war ein Leichtes …

Noch zwei Scheite aufs Feuer, dann schloss er die Ofenklappe, damit die Funken nicht in den Schober flogen. Er zählte langsam bis hundert, öffnete die Klappe und fütterte neue Scheite. Das Feuer knisterte, und Wilhelm kroch zu Bruno unter die Lederplane.

Doch an Schlafen war nun nicht mehr zu denken. Bruno zappelte wie ein Tannenzapfen im Gewitter. Schließlich riss Wilhelm der Geduldsfaden. «Lass uns aufbrechen. Ich bin nicht mehr müde. Und du schon gar nicht.»

«Ich bin hellwach», bestätigte Bruno.

«Dann los!»

«Schade um den Ofen», sagte Bruno. Der war gerade glühend heiß geworden.

Sie warfen noch einen Blick auf das rot leuchtende Metall, dann zogen sie in die kalte Nacht. Ihr Gefühl hatte nicht getrogen, das Licht der Sonne schickte bereits einen Boten: Über der Silhouette des Tannenbuschs glänzte ein schmaler Silberstreifen.

Am Straßenrand entlang gingen sie im Gänsemarsch zum Bahnhof am Kurpark. Immer noch waren rechts und links der Straße Baumstöße aufgestapelt. Bruno erkletterte einen und sprang von Stamm zu Stamm. Schon hörte Wilhelm seine Sprünge von weit oben. Ein gutes Gefühl hatte er nicht dabei.

«Mach keinen Unfug», knurrte er. «Das ist jetzt kein Kinderspiel mehr. Du wirst noch stolpern!»

«Was hast du gesagt?», rief Bruno vom Gipfel der Baumstämme. Unter seinen Sprüngen federten sie bedenklich. Wilhelm ließ sich nicht beeindrucken. Bruno den Rücken zugewandt, ging er schnurstracks die Straße entlang. Da erklang ein fürchterliches Rumpeln und Poltern. Ein heller, panischer Schrei ließ Wilhelm herumfahren. Bruno beeilte sich, vom Holzstoß herunterzukommen. Noch war er zu weit oben, um einfach hinunterzuspringen, er hätte sich sicher die Beine gebrochen.

An der Krone des Stoßes hatte sich ein Stamm gelöst und begann hinunterzukollern, dem Jungen hinterdrein. Der Stamm drohte ihn bald einzuholen und, schlimmer noch, im Kollern riss er weitere Stämme mit sich. Wilhelm war voller Entsetzen: Bruno rannte um sein Leben. Er sah, wie er die Brille verlor. Im nächsten Moment hatten die kollernden Stämme sie zermalmt.

Da, endlich, hatte Bruno mit einem beherzten Sprung den Erdboden erreicht, doch die Gefahr war nicht vorüber. Er lief weiter auf ebener Erde – und sogar noch etwas schneller. Aber eine Handvoll Stämme kollerten mit solcher Wucht herunter, dass einer von ihnen Bruno doch noch einholte und mit Wucht gegen sein Bein schlug. Brunos Schrei gellte auf – und wollte nicht enden. Entsetzt flehte Wilhelm Bruno an, still zu sein. Sicherlich war der Sägemüller wach, denn der Morgen graute. Doch nichts konnte Bruno in dem Moment weniger, als den Schmerz unterdrücken. Es dauerte, bis er den Schrei in ein wütendes Knurren verwandelt hatte. «Mein Knöchel», jammerte Bruno, «mein Schienbein!» Der Stamm war quer über seinem Bein zum Liegen gekommen.

Wilhelm zögerte nicht, er holte einen langen Knüppel aus dem Straßengraben und setzte an, den Baumstamm von Brunos Bein zu hebeln. Zentimeter um Zentimeter hob er sich. Wilhelm ächzte. Endlich hatte das Bein genug Spielraum, Bruno zog es heraus. «Steh auf», verlangte Wilhelm und ließ den Stamm wieder hinab, «steh auf, bevor der Sägemüller uns erwischt!»

«Ich kann nicht!», schrie Bruno.

Das Außenlicht am Windfang der Mühle flammte auf. Blitzschnell reagierte Wilhelm. Ging vor Bruno auf die Knie und legte ihn über seine Schulter. Mit zitternden Knien und einer übermenschlichen Kraftanstrengung trug er ihn aus der Sichtachse des Müllers. Gerade als er den Kopf noch einmal umwandte, sah er dessen Gestalt im Windfang. Hätte er auch nur einen Wimpernschlag länger gebraucht, der Sägemüller hätte ihn entdeckt. Am Straßenrand im Schutz eines Busches versuchte er, Bruno von der Schulter gleiten und auftreten zu lassen. Doch es gelang nicht. Die Haut über dem Schienbein war zwar blutig und blau, doch wenigstes schien es nicht gebrochen. Nur der Knöchel schwoll rasch an.

Die ersten Schritte mit Bruno über der Schulter waren noch unsicher, dann hatte Wilhelm gelernt, das zusätzliche Gewicht durch eine Verlagerung seines Schwerpunktes auszugleichen. Die gekrümmte Haltung war ungewohnt für seinen Körper, doch durch das Krafttraining wusste Wilhelm, welche Lasten er zu tragen vermochte. Anfangs gellten Brunos Schreie in Wilhelms Ohr, denn jede Bewegung bereitete dem Freund offenbar Höllenqualen. Nach einer Weile jedoch verstummten die Schreie. Wilhelm spürte, dass Brunos Muskeln erschlafft waren. Er machte sich Sorgen um den Freund, doch das Beste war, ihn einfach weiterzutragen, zurück in die Klinik, so rasch wie möglich, denn nur dort war Rettung.

Irgendwer entdeckte die beiden, bevor sie an das Haus 13 gelangten.

«Wilhelm ist zurück!», rief eine helle Stimme durch einen Fensterspalt. Es war einer der Jüngeren im Haus. Wilhelm war mittlerweile bekannt wie ein bunter Hund, man erzählte sich seine Abenteuer zum Einschlafen.

Kaum war er über die Schwelle, hoben ein Dutzend Hände Bruno von seinen Schultern und trugen ihn weg. «Sein Knöchel ist vielleicht gebrochen!», rief Wilhelm hinterher. Die Oberin warf ihm einen unmissverständlichen Blick zu. Wilhelm verdrängte den Gedanken an Strafe. Was konnte schlimmer sein als diese Rückkehr?

Als Bruno nicht mehr über seiner Schulter lag, fühlte sich Wilhelm erleichtert und einsam. Alle starrten ihn an.

Da entdeckte er Ilona! Eine Weile sah sie ihn mit einer Strenge an, die sie sich nur von der Oberschwester abgeschaut haben konnte. So standen sie Auge in Auge, aber entfernt voneinander. Endlich wanderten Ilonas Mundwinkel hinauf, die Wangen rundeten sich, und dann – lächelte sie.

Wilhelm harrte auf dem Flur vor dem Zimmer der Oberärztin aus, bis man ihn hineinrief. Dann trat er mit festen Schritten und erhobenem Kinn in ihr Büro. Die ältere Dame sah über die Ränder der goldenen Brille hinweg zu ihm herüber. «Wilhelm Kramm», seufzte sie, «ich höre nicht nur Schlechtes von dir. Sicher, der Plan auszureißen war eine Frechheit.» Demonstrativ hielt sie seinen Rucksack mit Proviant in die Höhe. «Aber dass du Bruno nicht im Stich gelassen hast, rechne ich dir hoch an. Was hätte nicht alles passieren können!»

Wilhelm nickte. Dann sagte er mit fester Stimme: «Die sechs Wochen sind beinahe vorüber. Ich habe beschlossen, mich von nun an bis zum Ende der Kur vorbildlich zu verhalten.»

Die Oberärztin nickte. «Das freut mich zu hören.» Und fügte dann hinzu: «Auch wenn ich es noch nicht ganz glauben kann.»

«Bitte!», flehte er die Oberärztin an. «Ich werde mich fügen.»

Sie lehnte sich in ihren Sitz zurück. «Wenn ich noch eine Klage über dich höre, werde ich dich augenblicklich heimschicken.»

Wilhelm nickte.

«Deiner Mutter wäre das gewiss nicht recht. Wir wissen immer noch nicht genau, was mit dir los ist. Und dann die Schmach einer disziplinarischen Entlassung …»

«Ich verspreche es Ihnen», bekräftigte Wilhelm. Schwieg dann einen Moment und räusperte sich. «Ich habe einen Weihnachtswunsch, und ich bitte Sie sehr, Genossin Oberärztin, ihn mir zu erfüllen.»

Die Oberärztin zögerte einen Moment. «Das kommt darauf an, was du dir wünschst. Sag es mir. Vorher kann ich nichts erlauben.»

«Ich möchte meine Mutter anrufen.» Trotzig presste Wilhelm die Lippen zusammen.

Die Oberärztin musterte ihn über den Schreibtisch hinweg. «Das würde ich dir gern erlauben, Wilhelm. Aber wie hast du dir das vorgestellt? Hat deine Mutter überhaupt ein Telefon?»

«Der Frisör im Haus hat eines», sagte Wilhelm rasch.

«Kennst du seine Nummer?»

Wilhelm schwieg.

«Dann tut es mir leid.» Die Hände der Oberärztin lagen gefaltet auf dem Schreibtisch.

«Ich muss wissen, wie es ihr geht. Ich mache mir Sorgen!»

«Hast du ihren Brief beantwortet?»

Wilhelm schüttelte den Kopf.

«Warum nicht?»

Darauf wusste Wilhelm auch keine Antwort. Vielleicht, weil er so merkwürdig war? Weil er die Mutter darin nicht wiedererkannt hatte?

«Schreib ihr doch einen Weihnachtsbrief!»

«Wird er denn rechtzeitig ankommen? Es sind nur noch zwei Tage bis zum Fest!»

«Wenn du die guten Wünsche aufrichtig im Herzen trägst, werden sie deine Mutter bestimmt erreichen.»

Wilhelm spürte den Kloß im Hals. Das war eine nette Ablehnung – aber eine Ablehnung. Zögernd stand er auf. Ohne ein weiteres Wort verließ er den Raum.

«Weihnachten ist das Fest der Hoffnung», rief ihm die Oberärztin hinterher. Doch Wilhelm wollte das nicht hören.

Am Morgen des Heiligen Abends, bevor überhaupt irgendjemand geweckt worden war, legte Wilhelm den Tonarm auf das schwarze Vinyl. Es ertönte ein kratziges Rauschen. Dann, wie von Engelschören, hallte Musik durchs Haus. Nach und nach öffneten sich Türen, tappten verschlafene Schritte auf den Korridor, dann streckten sich Wilhelm Köpfe entgegen. Mit Milo und Edgar umstand er am Fuße der Treppe von Haus 13 den *Harmonie-Automatic*-Plattenspieler. Wilhelm und seine Bande hatten einen beinahe quadratischen Tisch aufgetrieben, sogar eine geklöppelte Schmuckdecke unter den Apparat gelegt und eine Vase mit Tannenzweigen und Christbaumkugeln daneben gestellt. Die Kinder, die sich in ihren Pyjamas um das kleine braune Gerät versammelten, verharrten in feierlichem Schweigen und genossen die Musik. Allmählich gesellten sich Ärzte und Schwestern dazu, und bald hörten alle zu, was immer der Tonabnehmer vom Vinyl kratzte: von *Maria durch den Dornwald ging*, intoniert vom Thomanerchor Leipzig, bis hin zu *Petersburger Schlittenfahrt*. Irgendwann sangen sie mit, die kleinen und großen Patienten, die Ärzte und Schwestern, über eine Stunde lang. Dann lief der Tonabnehmer am Ende der Rille ins Leere, die Musik ging in Rauschen über, und Wilhelm schob den Arm auf seine Ruheposition.

Eine Weile harrten sie noch aus, dann gingen die Jungen mit erhabenem Schweigen in die Bäder, um sich für diesen besonderen Tag herzurichten. Niemand machte irgendjemandem irgendeinen Vorwurf.

Der *Harmonie Automatic* blieb am Fuße der Treppen stehen. Es war nicht auszuschließen, dass er im Laufe des Tages noch einmal in Betrieb genommen werden durfte. Zu schön war der Zauber, mit dem die weihnachtlichen Klänge durch die Zimmer und Flure von Haus 13 schwebten. Obwohl die Oberin das niemals zugegeben hätte – verhindert hatte sie es auch nicht.

Der Vormittag war von Freude – und von Besuch – durchströmt. Auch Wilhelms Zimmer blieb nicht verschont. In einer Wolke Parfüm tauchte ein Wunder auf zwei Beinen auf: Edgars Verlobte. Sie steckte in Stiefeln, die bis in die Kniekehlen reichten! Und Edgar wurde rot bis über beide Ohren, als sie einfach auf ihn zutrat und ihm einen Kuss gab!

Wilhelm beobachtete das Paar. Er musste an Ilona denken und wurde traurig. Seit seinem Ausreißversuch hatten sie kein Wort gewechselt, sie mied jede Begegnung. Dabei war ihr Blick nicht unfreundlich gewesen.

Wilhelm zog sich zurück, je mehr die anderen in Festtagslaune gerieten. Mehrfach hatte er das hölzerne Herz aus seinem Schrank geholt und wieder fortgepackt. Eine rote, kunstseidene Schleife zierte sein Geschenk.

Das Haus war voll wie nie, Augen leuchteten und Wangen glänzten, nur Wilhelms Miene blieb verschlossen.

Es war Nachmittag geworden. Die Dämmerung des Heiligen Abends kroch bereits über die umliegenden Gipfel. Die Patienten waren in froher Erwartung einer Feierstunde mit Bescherung, die zwar angekündigt war, von deren Ablauf sich aber niemand ein Bild machen konnte. Kaum vorstellbar, dass sich die Strenge des Hauses in Großzügigkeit verwandelte.

Die Geräusche des Zuges vom nahen Bahnhof hatten Wilhelm ans Fenster gerufen. Obwohl das Dickicht des Waldes zu undurchdringlich war, um bis zu den Gleisen schauen zu können, stand er da und sah der Dunkelheit zu, wie sie das letzte Abendlicht schluckte. Währenddessen lagen die anderen Jungen auf den Betten und starrten vor sich hin. Nicht einmal Bruno las, niemand schien einen Plan zu haben. Um fünf sollten sie sich im Treppenhaus versammeln.

Die Turmuhr schlug halb fünf, da öffnete sich die Tür, und eine Frau zog das Kopftuch von den Haaren. «Frohe Weihnachten, Wilhelm», wünschte sie mit leiser Stimme. Tränen durchnässten Schal und Bluse. Wilhelm lief auf sie zu, fiel ihr in die Arme und vergrub sich in ihren Mantel. Tief sog er ihren Geruch ein. Seine Mutter war gekommen.

Als sie die Freude des Wiedersehens genossen hatten wie einen großen Sahnekakao, ergriff Annemarie ihren Sohn an beiden Armen. Stolz lag in ihrem Blick. «Kräftig bist du geworden!» Sie strich ihm über Schultern und Oberarme.

Wilhelm senkte den Kopf. «Damit ich dich beschützen kann», sagte er.

Die Mutter lachte. «Wovor?»

«Du weißt schon ...» Wilhelm entwand sich ihrer Umarmung und nahm etwas Abstand.

Lange sah sie ihm in die Augen. Dann wandte sie den Blick ab. «Der Großvater ist gestorben.»

Sie sagte nicht «mein Vater», sonst hätte Wilhelm noch länger gebraucht, es zu verstehen. «Was?»

«Er ist friedlich eingeschlafen. Wir haben ihn vorgestern beerdigt.»

Wilhelm wollte sich freuen. Doch wusste er nicht, ob Freude gestattet war. Seine Augen glänzten. Er suchte die Arme der Mutter nach blauen Flecken ab, aber da war keiner. Erneut fielen sie einander um den Hals. Der Mund der Mutter suchte Wilhelms Ohr und flüsterte: «Wir haben uns ausgesöhnt, mein Liebling, der Großvater und ich. Er ist in Frieden gegangen.» Sie wollte ihm durch die Haare streichen, Wilhelm trat einen Schritt zurück.

«Ich hatte ihm den Krieg erklärt», sagte er. «Bei meiner Rückkehr hätte er sich auf etwas gefasst machen können.»

Die Mutter schüttelte den Kopf. «Krieg hat er genug erlebt. Das hat ihn hart gemacht. Manchmal hat er die eigene Härte gehasst.»

«Erzähl mir davon!», bat Wilhelm, aber die Mutter hielt inne.

«Heute ist Weihnachten. Es gibt Geschenke.»

«Geschenke? Bleibst du etwa zur Bescherung?»

Ein Engel hätte nicht schöner lächeln können, dachte Wilhelm.

«Ich habe ein Fremdenzimmer in der Stadt genommen und bleibe über Nacht. Das war nicht leicht übers Fest!»

Aus großen Augen starrte Wilhelm die Mutter an. Wieder musste sie lachen. Nie zuvor hatte Wilhelm sie so gesehen.

«Ich ahnte nicht, dass der alte Herr so sparsam war. Ich dachte immer, er sei arm!», erzählte sie überschwänglich.

Wilhelm fehlten die Worte. Wieder stürzten sie einander in die Arme. Und wieder vereinigten sich ihre Tränen in der Umarmung.

Die Mutter nahm nicht nur an der Bescherung auf der Treppe von Haus 13 teil – aus den Händen der Schwester Oberin erhielt Wilhelm ein Schnitzmesser mit Hirschhorngriff. Am Abend durfte er seine Mutter sogar in die Stadt begleiten.

Seite an Seite standen sie vor dem großen Weihnachtsbaum auf dem Markt. Rings um sie war alles dunkel, nur der Baum war mit einer Lichterkette geschmückt. Hinter den Fensterhöhlen erahnte man die Menschen. In jedem Haus leuchtete ein Schwibbogen oder ein Herrnhuter Stern. Der nahe Kirchturm schlug die Viertel bis zur vollen Stunde herunter, und der Glockenturm der Klinik verkündete, nur hundert Meter entfernt, das Echo …

Die Mutter erzählte, und Wilhelm fragte. Nun, da sie ins

Gespräch gekommen waren, wollte er alle Einzelheiten über den Großvater wissen. Angesichts des Todes verlor sich Wilhelms Zorn. Und er fragte nach: von der Gefangenschaft, vom Krieg. Niemals hatte der Großvater gegenüber Wilhelm auch nur ein Wort darüber verloren. «Auf dem Sterbebett, als er kaum noch etwas über die Lippen brachte, begann er zu reden», bestätigte Annemarie. «Wie ein Wasserfall erzählte er. Und ich ...», sie zögerte, um nicht wieder traurig zu werden, «habe in einem fort geweint.»

Am Ende bekannte Wilhelm: «Da bin ich also ganz umsonst stark geworden ...»

«Ach», die Mutter lachte und wischte seine Bedenken fort, «das kann nicht schaden.»

In dieser Heiligen Nacht lag Wilhelm wach. Er fühlte sich erhaben. Als liege er nicht auf seiner wie Zeitungspapier raschelnden Matratze, sondern schwebe eine Handbreit darüber. Er dachte an den Großvater und seine Schläge; die Geschichten der Mutter über seine Gefangenschaft: dass er Eiswasser aus überfrorenen Bottichen getrunken habe, bis sein Magen beinahe riss vor Kälte. Dass er zur Strafe im Eisboden Gruben habe ausheben müssen, für seine Mitgefangenen, die keine Kraft mehr zum Leben gehabt hatten. Dass er viel Zeit in einer Strafzelle verbracht hatte, in der er nur gekrümmt liegen konnte, weil er immer «gegen den Stachel löckte», wie er es wohl ausgedrückt hatte.

«Was heißt das?», fragte Wilhelm die Mutter.

«Dass er sich immer so verhielt, dass er Ärger bekam.»

Wilhelm wurde nachdenklich. Verband ihn doch mehr mit dem Großvater, als er gedacht hatte?

Qualen und Tod hatten die Erzählung der Mutter gefärbt, doch plötzlich, als Wilhelm über den Großvater und sein Leiden nachdachte, waren da mit einem Mal auch liebevolle Gedanken. Er erinnerte sich, wie er als kleiner Junge an seiner Hand die Straße überquert hatte. Immer wieder waren die rauen, stumpigen Finger des Großvaters über seine kleinen gefahren, wie um sich seiner Gegenwart zu versichern, sich festzuhalten an ihm, dem Kind.

Wie er da zum Großvater mit seinem grauen Bart aufgeschaut hatte, von weit unten, und der Großvater ihm zugelächelt hatte, von weit oben. Und wie der Großvater ihn ganz vorn auf seinen Knien platzierte in der Straßenbahn, an der höchsten Stelle seiner Beine, damit er aus dem Fenster schauen und alles sehen konnte und ja nichts verpasste. Aber ja doch, der Alte hatte auch Wärme in seinem Herzen gehabt. Allerdings: Die Kälte, die er aus dem Krieg mitgebracht hatte, war stärker gewesen.

In diesem Moment spürte Wilhelm, wie die eiserne Spange, die sein Herz umklammert hielt, zersprang. Das, was ihn am Wachsen hatte hindern wollen, löste seinen Griff. Sein Brustkorb hob sich, als wolle er die ganze Welt in sich aufnehmen. Aber was er eingeatmet hatte, war nicht die Welt, sondern das Glücksgefühl, das ihn in dieser Nacht erfüllte. Die Ärzte mochten noch zweifeln, aber Wilhelm war sich nun sicher: Sein Herz war gesund.

Es war der Tag nach dem Fest. Wilhelm wurde in das Sprechzimmer des Chefarztes gerufen. Die Mutter durfte ihn begleiten. Das Zimmer erschien Wilhelm größer und heller als alle anderen, selbst als der Speisesaal. Sonnenschein fiel auf eine geschlossene Schneedecke, und durch die Fenster glitzerte Licht. Das Sprechzimmer funkelte wie ein Wintergarten, und der Mann in Weiß war wohl einem Märchen entsprungen. Selbst seine Haare waren weiße Wellen.

«Wilhelm», während er sprach, musterten seine Augen den Jungen aufmerksam, «ich habe eine Nachricht für dich.»

Mutter und Sohn hielten den Atem an.

Der Chefarzt lächelte, als er verkündete: «Es gibt keinerlei körperliche Anzeichen dafür, dass dein Herz krank sein könnte. Nicht eines.» Er wedelte mit einem Briefumschlag. «Hier steht die Antwort auf die Fragen der Charité drin. Wir können keinerlei physische Ursache für die Herzkrämpfe feststellen.»

Nichts hielt die Mutter mehr auf dem Stuhl. «Heißt das, Wilhelm muss nicht sterben?»

«Zumindest jetzt noch nicht. Ich wünsche dir», und damit sah er Wilhelm direkt an, «dass du sehr, sehr alt wirst.»

«Aber die Herzstiche, die Krämpfe», wollte die Mutter einwenden, doch Wilhelm winkte ab.

«Lass gut sein, Mutter. Die sind vorüber.»

Der Chefarzt beobachtete den Jungen mit unbewegter Miene, als bemerke er zum ersten Mal seine Größe. «Während deiner Anwesenheit hier, Wilhelm, konnten wir rein gar nichts feststellen, was für einen Jungen deines Alters ungewöhnlich wäre. Du hast Streiche gespielt, du hast Abenteuer erlebt, du hast dich Anordnungen widersetzt, du hast dich, wie mir zu Ohren kam, sogar verliebt.»

Mit fragenden Augen sah die Mutter herüber. Wilhelm wurde heiß. Er senkte den Blick, widersprach aber nicht. Doch ihre Gedanken waren, das sah Wilhelm, indem er sie von der Seite betrachtete, abwesender als zuvor.

Der Arzt erhob sich. «Ich wünsche dir alles Gute, Wilhelm! Und Ihnen», mit diesen Worten streckte er Annemarie die Hand entgegen, «wünsche ich eine friedliche Zeit mit Ihrem Sohn.»

«Ich kann ihn also mit nach Berlin nehmen?»

Der Chefarzt nickte. «So ist es.» Damit reichte er ihr den Brief an die Charité und alle zur Entlassung notwendigen Schriftstücke.

«Verliebt», sagte die Mutter, als die Tür hinter ihnen ins Schloss gefallen war. «Das sind ja Neuigkeiten!» Amüsiert sah sie ihn an. Doch Wilhelm wandte sich ab.

«Wohin gehst du?», rief sie ihm hinterher.

«Packen», antwortete er, ohne sich umzudrehen oder auch nur um Hilfe zu bitten.

Nachdem er fertig war, streifte Wilhelm ein letztes Mal durch die Flure und Gänge des Hauses der blauen Kinder. Er wollte sich verabschieden, doch niemand war zu sehen: Niemand sprang zu schnell die Treppen hinunter. Niemand schrie auf dem Gang umher, obwohl Schreien verboten war. Niemand schlug Türen, um dann schnellstmöglich wieder ins Zimmer zu verschwinden, denn natürlich war auch das Türenschlagen verboten. Am Fuß der großen Treppe ins Obergeschoss, dort, wo Wilhelm und Milo ihn hingestellt hatten, stand der *Harmonie*-Plattenspieler aus Pirna-Copitz und schwieg. Niemand hatte ihn zurück ins Schwesternzimmer befördert. Die Festtagsbeleuchtung brannte, sonst war alles dunkel. Selbst im Schwesternzimmer war niemand anzutreffen, auch nicht Schwester Ilona. Sicherlich waren alle auf einer Schneewanderung.

«Dann eben nicht.» Wilhelm schluckte den Kloß der Enttäuschung hinunter.

Als sie das Haus verließen – Wilhelm mit gesenktem Kopf – lächelte die Mutter. Wilhelm wich ihrem Blick aus, so wenig ertrug er es.

Sie nahmen die Freitreppe und nicht den Weg durch den Wald. Abwärts verlor sie ihren Schrecken, weder seine Mutter noch er mussten haltmachen, um zu verschnaufen. Aber auch bergan hätte Wilhelm nicht mehr um Luft ringen müssen. Er fühlte sich fitter als noch vor ein paar Wochen. Gesünder.

Näher kam der Grund des Tales, der plätschernde Fluss, die gleichnamige Stadt mit ihren roten und schwarzen Ziegeldächern. Am Haupteingang wandten sie sich nach links und gingen am rauschenden Wasser entlang bis zum Kurpark. Dem gegenüber lag der Bahnhof des Städtchens.

Eben hörten sie ein Pfeifen durchs Tal gellen: Schnaufend kam der Zug von Pirna herauf, in wenigen Minuten würde er einfahren. Wilhelm ging mit der Mutter hinüber zum Gleis. Obwohl der Zug noch nicht zu sehen, nur zu hören war, stand ein Pulk von Menschen auf dem Bahnsteig. Warum nur wollten am Abend nach Weihnachten so viele Menschen nach Pirna? Wilhelm kniff die Augen zusammen und erkannte, dass es größtenteils kleine Menschen waren – und all ihre Blicke waren auf ihn gerichtet! Er blieb stehen und musterte die Gesichter: Auf dem Bahnsteig standen alle Jungen aus Haus 13! Selbst Bruno war unter ihnen – auf Krücken. Und neben ihnen, als ihre Begleitung, Schwester Ilona. Wilhelm ließ die Hand seiner Mutter los und rannte ihnen entgegen. Dann fiel er zuerst Milo in die Arme.

Der Schaffner hatte schon zur Abfahrt gepfiffen, da kam beim Abschiednehmen die Reihe an Schwester Ilona. Neugierig umringten die Jungen die beiden, die Mutter war schon in den Wagen gestiegen. Alle hatten die Ohren gespitzt, die Augen weit offen, Wilhelm wurde rot. Keiner von beiden fand ein Wort. Nicht vor der Zuhörerschar, nicht vor der Mutter. Wilhelm raffte allen Mut zusammen. «Kommst du mich in Berlin besuchen?», flüsterte er hastig. Schwester Ilona trat von einem Fuß auf den anderen. Auch sie hatte mit den Blicken der anderen zu kämpfen. «Wenn ich mal Urlaub bekomme.»

In der Ruhe, die rings um sie herrscht, kann man Gedanken fallen hören. Wilhelm und Ilona schauen sich an. Stumm verweben sich ihre Gefühle zu einem Gespinst, das fester ist, als beide ahnen. Er beinahe noch ein Kind, sie – ebenso beinahe – eine ausgebildete Kinderkrankenschwester. Unmöglich, dass sie ein Paar werden. Aber ist dies nicht die Welt der unmöglichen Möglichkeiten und möglichen Unmöglichkeiten?

In der Welt der Wünsche und Träume kann alles geschehen, alles. Das Schicksal muss nur den richtigen Faden spinnen.

DANKSAGUNG

Generationen von Patientinnen und Patienten haben sich in der Kurklinik Bad Gottleuba seit ihrem Eröffnungsjahr 1913 von ihren Belastungen erholt. Immer wieder im Verlauf der Recherche traf ich Menschen, die von ihren Erholungsaufenthalten dort – oft als Kinder – schwärmten. Die genauen Einblicke in die beschriebene Zeit verdanke ich einer Mitarbeiterin, die ihren Namen nicht öffentlich genannt wissen will. Ich danke ihr dennoch von Herzen für die Anregungen zu diesem Buch und ihre lebendigen Schilderungen des Klinikalltags in Haus 13. Sie erlebte das «Haus der blauen Kinder» als Erzieherin in Ausbildung.

Für die Details zum Stand der Medizin in der DDR danke ich meinem Freund und Ratgeber Prof. Dr. Frank Oehmichen aus Radebeul. Mein eigener Blick auf die DDR ist der des Fremden, ich bitte daher um Nachsicht, falls das eine oder andere Detail nicht lebensecht getroffen ist.

Die bewährten Fürstreiter des Buches im Verlag waren Ulrike Beck und Katharina Schlott. Ich danke beiden von Herzen für ihre Bereitschaft, die mitunter neuen und tastenden Wege meiner Bücher gemeinsam zu beschreiten. Katharina Schlott begleitete und beförderte meine Arbeit an diesem und manch anderem Buch auch durch sehr bewegte Zeiten hindurch. Danke, dass wir uns weit über die Texte hinaus über das Schreiben und das Leben austauschen konnten.

Ich danke Andrea Offermann für ihre wie immer außergewöhnliche Einband-Illustration und ihre gewohnt sensible Einfühlung in das Thema.

Schlussendlich und vor allem danke ich meiner Partnerin Josefine Gottwald. Sie begleitete die Arbeit an diesem Buch von der ersten bis zur letzten Minute mit ihrem sorgfältigen, gleichwohl liebevollen Blick und jeder nur denkbaren Unterstützung.

Danke für die Kraft zu diesem Buch. Es hat mich mit dem innersten Kern meines Seins konfrontiert.

Foto: © HL Boehme

Ralf Günther wurde 1967 in Köln geboren. Als Buch- und Drehbuchautor entwickelte er Kinderserien und andere Formate fürs Fernsehen und schrieb historische Romane. «Der Leibarzt», sein Debüt, wurde ein Bestseller. Es folgten unter anderem «Eine Kiste voller Weihnachten» sowie «Goethe in Karlsbad». Ralf Günther lebt in der Nähe von Dresden und arbeitet neben dem Schreiben als Medienpädagoge in der Familienhilfe.

Weitere Titel

Ach du fröhliche

Als Bach nach Dresden kam

Arzt der Hoffnung

Das Weihnachtsmarktwunder

Die Badende von Moritzburg

Eine Kiste voller Weihnachten

Goethe in Karlsbad

Jesusmariaundjosef!